梁倩雯　著

法庭的語言鑑證

商務印書館

法庭的語言鑑證

作　　　者：梁倩雯

責任編輯：黃家麗

封面設計：涂　慧

出　　　版：商務印書館 (香港) 有限公司

香港筲箕灣耀興道 3 號東滙廣場 8 樓

http://www.commercialpress.com.hk

發　　　行：香港聯合書刊物流有限公司

香港新界大埔汀麗路 36 號中華商務印刷大廈 3 字樓

印　　　刷：中華商務彩色印刷有限公司

香港新界大埔汀麗路 36 號中華商務印刷大廈 14 字樓

版　　　次：2017 年 7 月第 1 版第 1 次印刷

© 2017 商務印書館 (香港) 有限公司

ISBN 978 962 07 0510 6

Printed in Hong Kong

目 錄　Contents

第一章

語言鑑證是甚麼？

語言鑑證（Forensic Linguistics）可分兩部份理解，首先是語言研究（Linguistics studies），然後是鑑證（Forensic studies），是指用於法庭或有關法律程序的論證分析。當中較為人熟知的有罪案現場（Crime scene）的證據分析、死因分析以及DNA化驗等。而語言鑑證這一個名稱，清楚說明它是以語言研究為基礎，把這些知識運用到法庭及有關法律程序裏的專業。

傳統語言學大多集中研究語言的文法結構、發音標準、字詞構造和字義等。語言學到了七十年代，開始留意到語言與社會關係、用者心理影響等外在因素，因而引起不同的跨學科研究如：社會語言學（Sociolinguistics）、心理語言學（Psycholinguistics）、神經與語言學（Neurolinguistics）等。

到近期，語言研究的範疇和運用更廣，以本書為例，最常用於法律程序的語

言研究有：（一）筆跡分析；（二）用語言確認身份，即依據作者或說話人的說話特徵，確認作者或說話人身份的研究分析；（三）語音分析，包括口音辨別，也有利用精密儀器分析說話人的發音特徵，量度人說話時呼吸的典型特徵等；（四）語文能力測試，用作鑑別說話人或原作者有否足夠語文能力書寫或理解某些文獻等；（五）法律條文的草擬和翻譯以及證供的書寫等，也屬於語言鑑證的範圍；（六）現今社會最常發生一些與商標和版權有關的案件，當中涉及本書的例子，如牌子的發音相近，或外型相似的商標等。而校園內經常發生抄襲他人作品（Plagiarism）的案件，需要確定原創作者是誰，也屬於版權法範圍等。本地方面，最近為大部份香港人津津樂道的筆跡鑑證案件，就有已故華懋集團的主席小甜甜遺產爭產案。專家們研究小甜甜的簽名樣本，並考證遺書上簽名的真偽。

海外方面，較經典的案件，就有八十年代初英國著名應用語言學家（Applied linguist）Malcom Coulthard，用語言分析替伯明翰六個愛爾蘭人翻案。他從六個疑犯的說話特徵，證實警方的口供是由警方偽造出來的，因為口供的表達方式與六名疑犯的說話方式與習慣差異很大，加上疑犯在口供紙裏一個奇怪的位置上簽名，所以Malcom Coulthard 懷疑有人先被安排簽署在白紙上，而文中內容則是後來加上去的。自此以後，越來越多語言學家獲邀成為法律程序的專家證人（Expert witness），而這方面的研究慢慢被統稱為語言鑑證科。

語言跟社會學結合，從說話人的口音辨別說話人不同的社會背景，其中口音分析方面最著名的有（William Labov）的口音分析，Labov指出美國不同階層的人會有不同的發音分析，所以單憑口音大概已可區分出不同人不同的教育程度、生活環境等。這類分析可運用到中文的語言環境，即是用口音辨析說話人來自中國哪個省份，例如香港新聞也偶有報導「帶湖南口音的劫匪」，警方也曾根據疑匪的「四川口音」追蹤疑犯到四川等例證。

說話特徵的研究，是基於每個人說話用詞均有其獨特之處的原理，所以研究這些特徵，有助確認說話人的身份，例如許多老師的職業病是說話大聲及重複較多，就連筆者的母親也要求筆者不要不停問她「明不明白」，因為如果她真的不明白，自然會向筆者求證。也有些人中英夾雜，而夾雜的英文用語只限於工作環境的詞彙，例如有些律師會說：「今天要上Court。」、「有單case。」，銀行職員有說「有單B.D.（Bad debt）case 要跟。」等，所以，透過這些中英夾雜語，可知道說話人的身份，至少可理解說話人工作環境的特質。

澳洲著名人類學及語言學專家Diana Eades，在澳洲原居民（Aborigines）與澳洲政府的土地爭權和原居民權益的事上曾發表文章，也曾出版書籍。她指出原居民的被控告率和被監禁人數，遠遠超過當地白人。這一種情況在美國也有出現：美國黑人的入罪率遠比白人高，Eades指出，這是由於澳洲原居民有着不一樣的表達方式，例如說話時不與對方有直接眼神接觸，交談時

多與同伴並排一起，朝着同一個方向，所以甚少有眼神交流，於是經常被白人警員誤以為他們故意躲避警方的目光，一定是有所隱瞞。這些原居民在法律聆訊過程中，經常會很吃虧，因為他們不習慣與長者或權威人士爭論。Eades獲警方邀請，協助觀察和分析，並編寫書籍來教導警員如何為原住民錄取口供和交談等。

香港前幾年也有一宗警方襲擊一名亞裔人士的案件，最終法庭宣判死者是意外身亡。之前也有亞裔女工，頭髮被捲入燙衣機裏被壓和燙死，最終也宣判是意外身亡。其實這些少數族裔在香港遇到的問題，和中國第一代移居海外的移民一樣。他們言語不通，若水土不服，就連跟醫生訴說自己的病情都有困難，不知熬過多少日子才可稱得上安頓下來。但在此也要稱讚那些移民國家的政府，他們會提供傳譯服務，或讓移民上課學當地語言，如英語或荷語等，讓移民較易適應當地生活。如今在香港的亞裔居民，部份是駐守香港的前港英政府僱傭兵，或是他們的直系親屬，他們對殖民地政府的語言有一種情意結，所以有些人致力學習英語並且抗拒學中文，也有些人選擇入讀以亞裔人士為主的學校。當中極大部份人不能掌握基本的中文或只懂少許英語，即使是日常生活用語的水準也不足夠，所以他們一直羣居在香港社會的某個角落，更有些香港人會歧視這些亞裔人士，稱其「呀差」等。當他們身處日常生活以外的圈子如醫院和法庭，便需要有傳譯員協助溝通。但香港政府卻沒有一個統一的傳譯服務或政策去協助這些移民。最近也曾發生不少因傳譯員出錯或漏譯部份證供而導致案件被推翻的情況，甚至有些病人因為不能清

晰表達自己，導致病情嚴重，錯過了重要時刻以至失救。

如果說香港是一個國際城市，不同種族的人都享有平等自由選擇自己喜歡的
生活方式，但事實上這種說法只能針對某部份人而言，最重要的考量始終與
經濟有關。語言鑑證在香港的發展，也讓人反思少數族裔在法庭聆訊時遭到
的待遇，以及法庭傳譯員提供的翻譯是否理想並合乎國際標準等問題。如果
香港真的是個國際城市，我們要面對的不單是語文問題，更要處理如何對待
語文背後、語文政策和大眾看待不同語言的態度問題。當香港還是英政府殖
民地時，大部份人都認為英文有着舉足輕重的地位。當香港回歸中國之後，
大眾都明白普通話的重要，但由於香港與中國以外的商貿關係，香港與中國
大陸政府的關係，普通話未能完全取代英文的地位。反而帶普通話口音的人
士會被視為「大陸人」，更可能會受到歧視。

人與人之間的溝通無論用甚麼語言，都必須包含幾個基本條件和理解，例
如：用甚麼方法或渠道溝通，溝通目的是甚麼和對象是誰。而不同的方法、
渠道和對象又會如何影響到我們的溝通模式。譬如科技日新月異，我們溝通
的方式也會隨之改變。相信現今社會，除了官方及公文的溝通，很少人會用
信箋作私人溝通。甚至電話通話亦逐漸被視為侵犯他人的私人空間，一般都
要先透過短訊，無論是微博、Whatsapp，都要先徵求過對方同意，才可以開
始使用。

因此語文能表達的，並不只是一句話那麼簡單。詩經有云：「白圭之玷，尚可磨也，斯言之玷，不可為也」。話出了口便收不回來，可以成為了珠絲馬跡，甚至日後的呈堂證供。語言鑑證的功能就是要辨證，識別出語言不同的表達方式、背後隱藏的動機或意圖、用者的背景、身份甚至身體特徵等，用作主證、協助案件調查和作供。

第二章

遺產誰屬？

「這是報應呀！」

「還有甚麼可查的？」「她如何對待她的家翁，也遭受到同樣的對待而已！」有關城中名人的遺產案，眾說紛紜，我盡量少見少聞，否則影響我對此個案的分析。

我任教於城中大學語言學系，也是城中為數不多擁有語言鑑證資格和富經驗的「專家證人」。這次接到律師朋友的委託，協助研究有關遺囑資料。

十二位外籍律師多次接見有關人士，查證事件經過。結果他們都確立不了甚麼證供，最後，還是決定從兩個方面着手：

一、已故名人與訴訟人的關係和確認遺囑的可信性；

二、遺囑內容、已故名人簽名及有關附帶資料。

其實名人與風水師的關係本來就與別人無關。只不過外籍律師認為這可能與遺囑的真偽有關，所以也要逐個細節詳細分析。

我覺得感情的事本來就錯綜複雜，莫說是旁人，甚至當時人也不一定清楚。就算名人與風水師真的有曖昧關係，名人也不見得會把所有家財留給風水師。一個女人活了這麼多年，還經歷過如此複雜的背景，不見得就一定會被愛蒙蔽雙眼，不顧一切地把身家、性命、財產全都交給一個男人。亦可能是因為名人篤信風水，為保性命把千萬家財拱手送給風水師，希望能幫助她化險為夷，免去一死。一個垂死病人腦袋裏所想到的是甚麼解救方法，只有天曉得！因此，我一直認為不值得為這段關係大費周章，翻箱倒籠地查考，畢竟名人生前也從未向任何人透露過這段關係，那又何苦等到她死後把她的私隱公諸於世。假如感情之事真的能越辨越明，世上就會少了很多怨女癡男，天下太平矣！

無奈外籍律師的想法一直以來都是單線邏輯：正如一加一等於二，一加二就一定等於三。我知道若循着這理據出發一定得不到甚麼結果，所以也懶得參與這方面的研究，只集中精神研究名人在遺囑上面的簽名，以及遺囑的表達

方法。

辨證簽名真假是語言鑑證科當中最常見的一種證供考證。在英國伯明翰酒吧被炸案件中，有六個疑犯坐了多年冤獄。最終英國語言鑑證科的鼻祖Malcolm Coulthard翻查證人的證供，發現口供裏的說話方式與六個愛爾蘭籍疑犯不符。後來他更發現疑犯的簽名、筆墨留下的時間與口供上記錄的時間明顯有異，即是簽名在疑犯口供寫完之前已經簽上。六個坐了冤獄的愛爾蘭疑犯得以即時釋放。自此以後，語言學家在法庭成為了專家證人，語言鑑證也嶄露頭角。

此次名人遺囑案也採用同樣方法，首先將名人話語與遺囑的談話方式進行比對。但由於名人遺囑以英文書寫，專家未能確切證實這是否就是名人的說話方式。而遺囑其中一個疑點是在最後一句，所以我從句子結構（syntactic structure）的角度分析：

I am deeply & thankfully convinced that my will is proudly guided with God Help.

從這句子可看出草擬人的母語並非英語，因為其英文文法有點古怪。疑點一：my will is proudly guided的語法不太自然，助語詞為proudly guided（引以為傲是神所引領的），但是，不應是一紙遺囑被proudly guided，而應是

立遺囑者。而前文I am deeply & thankfully convinced（我深深相信並心存感恩）that my will is proudly guided with God help（我的遺囑是神的引領，我並引以為榮）。假如作者真的要強調其意思，應該把proudly前置，與其他副詞並列，而不是後置，例如："I am deeply, proudly, and thankfully convinced that..."。

另外，with God Help，亦應是God's Help而不是God Help。假如此遺囑是名人認真立下的遺囑，要處理自己的身後事和千萬家產，理應找律師草擬及處理遺囑。但這遺囑的前半部份與大部份遺囑的行文雷同，用詞造句都是典型法律文件當中的特別詞彙如：the rest, residue, and the remainder... I give, device and bequeath。這樣的行文格式具有一般法律文書的特色，這類遺囑樣本其實大多可以在網上下載，通常只需要改變少許個人資料便可以使用。而最後一句的英文亦有點怪異，與全篇的行文格格不入。要是當時律師未有發現其中不協調之處，那位律師應該也不是一個嚴謹的人。事實上，一般律師行都會儲存一些固定格式檔，不用每次重新撰寫，律師應該不至於會犯這樣的錯誤，所以這份遺囑的確令人生疑。

但此案最重要的疑點還是名人的簽名。一般簽名鑑證的做法，是比較證供裏面的人的簽名，分析包括簽署人書寫的特點如運筆、方向、力度。當中可藉着運用不同的儀器如靜電檢測儀Electrostatic Detection Apparatus

（ESDA）[註一]，專門通過檢測筆在紙張上留下的坑紋有多深，考察寫字人的書寫力度。

有關本案採用的方法也包括ESDA分析，結果指出名人的簽名是在一條摺痕上，而紙張亦有坑紋，因此懷疑是事前名人在另一張紙上留下的簽名。

另外，我還比對了名人在其他文件上的簽名，以分出其異同。例如名人在寫O字時有繞圈的習慣，並與隨後的字母連在一起，如 *debtor* or *Occ* 等……當然每個人的簽名在不同場合和環境都不盡相同，所以這個分析一定要多次進行，比較在不同時間、地點和場合簽署人的簽名，按照比例計算，統計和分析當中差異，才能作出結論。

如此重大的案件，雙方律師當然都疲於奔命，不斷嘗試，在各方面實驗考察，增強己方的說服力。所以雙方律師均與時間競賽，盡一切可能搜集更多檔案，進行更多試驗。

外籍律師還詢問了我關於風水契約的事情。剛剛聽說風水契約這回事時，他

（註一） 靜電檢測儀（Electrostatic Detection Apparatus）可用作檢測文件真偽，因書寫工具接觸到紙張時會產生磨擦，做成靜電效應，所以就算不太用力也會在紙張上留下痕跡。

完全摸不着頭腦，不明白這樣的契約有沒有法律效用。

幸好我有個風水朋友，此人甚有創意，一心想把風水科學化、現代化，所以有空便研究天文地理，奇經百科。我問過風水師傅甚麼是風水契約，這位前衛的師傅解釋道，這是當時人與風水師之間的承諾，與改善風水環境狀況的各樣安排有關，是否有法律效用則見仁見智了。假如口頭承諾也算是承諾，有法律約束效用的話，那麼就算風水契約的目的非比尋常，都應算是兩人之間的承諾。

外籍律師聽後臉色一沉，只好認真地看待這份契約。幸好他還有其他證供在手，能夠盡量強調另外兩點論據，即是遺囑上的簽署和行文均有疑點，作為主要辯說。

這宗案件有着複雜的時代和人物因素，假如風水師傅真的勝訴，相信一定會引起公憤。代表名人慈善基金的律師根本不能敗訴，不然一定會引來香港市民唾罵。審理此案的法官更不能大意，一定要研究清楚雙方陳詞及不同的法律要點，清晰公正地發表他的分析和判決。

名人弟弟曾說，如果可以遂名人心願，把其畢生經營下來的財產布施捐贈，造福社會，名人應在天上欣喜微笑。

我想，名人的心願如何，其實無人能知。名人與家人的關係亦不顯得特別密切，丈夫又失蹤多年，名人確實經歷過不少孤獨的日子。如果有朋友在身邊關心自己，當然日子會好過些，只可惜友人最惦掛的卻是名人的財產。幸好名人離開了人世，否則看見身邊好友和家人這樣爭奪自己的家業，一定心如刀割。

筆跡研究除了可應用到遺囑之外，也可應用到欠債收據，甚至貨品簽收等其他文件。很久以前也有用作分析作者筆跡以推斷作者是誰。著名作家如莎士比亞也曾經成為研究對象，讓人檢定他的作品裏有多少出自他的手筆。

筆跡研究的方法包括：

1）分析書寫力度；

2）分析每個字體的特色，比如有些字體比較方、有些比較圓、有些比較斜傾（傾左或傾右）、有些比較正中。每個人都有可能在不同情況下有不一樣的簽署方法，所以筆跡鑑證專家一般都要反覆比較書寫者在不同情況下書寫或簽署的方法。就如本案，雙方律師均有聘用筆跡鑑證專家，專門研究當時人在不同文件上的簽名。

由於只做筆跡分析不足以證實整份遺囑的真偽，因此有必要考慮採取其他分析方法，比如書寫者的行文方法、句子結構等。本案牽涉的語文雖然是英文，但句子結構分析是可以應用到中文裏面的，例如筆者比較常用主動句式或比較公式化，少用個人化的第一人稱或第二人稱如「我」、「你」等。

參考資料：

Electrostatic Detection Apparatus 靜電檢測儀：

Yaraskavitch, Graydon, Tanaka, Ng (2008) 'Controlled Electrostatic Methodology for Imaging Indentations in Documents', in Elsevier: *Forensic Science International*: Vol 177, Issue 2-3. Pp97-104.

第三章

沙拉與莎爾拉

最近，我與同事聊起聖誕購物的事。我素來不喜歡逛街，享有「宅女」盛名，所謂物以類聚，身邊好友多是「宅男」「宅女」，對甚麼是現今時尚產品，甚麼是名牌一竅不通。

不過，我的同事最愛逛名店，他們剛講起名店「沙拉」的款式和設計時，我的電話響了，又是另一名「宅女」，我的律師朋友。

「這宗案件是沙拉與莎爾拉對於自己名稱的爭辯。」

「不會吧！我剛在沙拉店內。」

「那更好，你可以聽聽那些售貨員如何唸自己的店名。」

「啊，甚麼？」

「是的，聽聽她們唸的是沙拉還是別的名稱。」

的而且確，這宗案件為今次購物行動增加了不少趣味和意義。

「歡迎蒞臨沙拉，梳拉……」不同的店員好像也有不同的讀法。就如每次到一般的港式日本餐廳，店員那句「歡迎光臨」，好像每個店員說話的方式也不同，連講者都不知道自己在說甚麼，聽者更不期望會聽得清楚。

於是我們兩人就如間諜一般，穿梭於不同的售貨員和顧客身邊，留心聽着，我和同事一起用手機錄下售貨員的讀音。

原來這宗案件是沙拉要告莎爾拉抄襲品牌名稱，誤導顧客。而律師朋友是受莎爾拉委託作出答辯。

控方的指控是莎爾拉只在其名稱上加一個小小的英文字母 "i"，就把沙拉變成莎爾拉以混淆視聽。控方聲稱兩間店鋪最大的門市都在亞洲這個非英語地區，所以一般以英文為第二語言的人會很容易弄錯兩間店鋪的名稱，對消費者來說有誤導成份。

根據我的教學經驗，一般母語非英語的人，尤其是華人，若有不懂的英文單詞，除了靠拼音辨別之外，還會靠視覺上的信息來辨別，因為中文字除了音還有形，學習語言的過程，一般會包括辨別不同字詞的形態和讀音。所以，如果硬要說那些以英文為第二語言的人不懂沙拉和莎爾拉的分別，確實有點牽強。

因此，我這次採取的方法是從字源入手，發現兩個名稱可能有同一字根，但兩個名稱都有不同的語音區域，在不同國家流傳。另外兩間商店都有在香港的店舖，買家大多是中國人，所以我亦從兩間商店的中文拼音作出分析，並以中文為母語的顧客作為對象，進行了一個小規模的語言測試，以考量實際上有多少中國人的消費者，會誤把「莎爾拉」當作「沙拉」。

另外，我亦發現，「沙拉」原名也不叫「沙拉」，原先店主想起名為別的名字，「沙拉」啟業於西班牙，讀音應為/zara/，所以以粵音「梳拉」其實更為貼切，而「莎爾拉」這名字的讀音應是/zariːa/，所以用粵音音譯為「莎爾拉」，因為中間/iː/變為一個長音，所以中文譯名多加了一個「爾」字。

我的律師朋友後來補充說「莎爾拉」其實總店設於馬來西亞，名字亦是店主以太太名字取的，所以應該不會抄襲沙拉的名字。然而，這是被告人自己的解釋，不容易獲法庭或控方接納。因此我要更進一步引證自己的推測，再做另一個小小的街頭訪問，看看有多少人真的分不出「沙拉」和「莎爾拉」，

又有多少人會因「沙拉」和「莎爾拉」的一字之差，而誤以為這兩間商店為同一間機構，或有密切關連。

大部份受訪者以華人為主，結果如我所料，雖然大部份人都未能正確讀出「梳拉」的發音，但無論是「梳拉」或「沙拉」，都不會被誤以為是「莎爾拉」，亦只有極少部份人士認為兩間商店同屬一間機構或有密切關連。

我把街頭訪問報告和兩個名稱有關的字源、字義和拼音的資料整理成一份反訴（counter statement）資料交與律師朋友。後來聽朋友說，對方律師曾經嘗試用其他證供提出指控，例如服裝設計版權（fashion design copyright）方面，但似乎都遇到了不少困難，最終唯有決定取消提出指控。現今的時裝設計，也實在太相像了。除了一兩間特別的品牌會使用特定的顏色條紋或布料之外，其他品牌為增加銷量，都以大眾化的需求為藍本生產。所以此案要以「版權」入稟，是不容易獲得勝訴的。

像這樣的案件已發生過幾次，大多與品牌英文名稱的譯音有關。英文字主要靠「音」辨別，所以如果遇上如Marilyn和Marylin，兩個名字有着不同拼寫方式但讀音一樣，這些同音異形問題，反而在以英文為母語的人當中更嚴重，但作為以英文為第二語言的中國人，大多數人都不會只留意讀音，而是聽讀並用。中文案件在這方面的問題較少，因為中文同音異義的字很多，所以不會因為兩間商店名字讀音相似而混淆。特別是香港人喜歡玩文字遊戲，

所以一般除了「聽」清楚，也會「看」清楚。所以我們不會誤以為「糖朝」是唐朝，「百度」是「八度」。

從語音學（phonology）入手的分析，最主要包括發音方法（articulation），韻律（rhythm）、語音結構（phonetic structure）等。由於這方面的分析多牽涉説話，也較少用到筆錄記錄裏面，所以一般都需要有錄音記錄才可展開研究。

由於本案牽涉兩個外形相似的英文字，所以研究者還採用了字體形態學（morphology）來作出分析，方法類似中國小説學的「説文解字」，分析兩個字之字源是否相同，或是否有着同一意思等。不過，因為語言是活的，會隨着時間、地點而變化，所以不能只按語音分析而忽略它的語境（language context）和社會環境因素（social context），因此我亦作出了一項街頭訪問，把兩個字放於實際的使用環境裏面，看看兩個字是否真的會被人誤以為是同一個字。

本案語言鑑證專家是因應原訴人（plaintiff）提出的起訴書（plaintiff's statement）指控答辯人（respondent）説Zara and Zariah外形只差幾個字母，一定是有人故意模仿，以誤導顧客，為此我從不同角度切入分析，進行街頭調查引證，並據此作出了回應（counter statement）。其實以英文作為第二語言的人，反而更少會把兩者混為一談。

由於語言體系不一樣，中文字在句子不同位置有不同意思和用途，同音異義的例子很多，例如：音、陰；相、傷；同、銅。因此，在中文世界裏，這方面的案件確實很少，反而許多訴訟案件，是因為品牌譯名而引

起，其中包括著名球星Michael Jordan 在大陸的案件。

Michael Jordan 控告大陸「喬丹」，譯音"Qiaodan Sports"運動服裝公司非法使用他的名字，並控告他們製造及販賣被指抄襲他自家品牌的23號球衣。案件原審"Qiaodan Sports"無罪，但Michael Jordan再次提出上訴。

此案終於在2016年12月有了裁決：

「籃球之神」米高佐敦（Michael Jordan）早前入稟控告中國體育用品企業「喬丹體育」侵權，案件歷時四年，由中國最高人民法院今日宣判，米高佐敦擁有內地中文譯名「喬丹」的姓名權，裁定喬丹體育違反商標法規定，判令商標評審委員會重新審議那些註冊商標；不過，法院認為米高佐敦並沒有喬丹的普通話拼音"Qiaodan"的姓名權，因此駁回涉及"Qiaodan"及"qiaodan"的案件重審申請。

最高人民法院公開宣判指出，喬丹體育部份以中文字「喬丹」作註冊的具爭議商標，損害了Michael Jeffery Jordan對「喬丹」享有的在先姓名權，喬丹體育存在違反商標法規定的情況，那些具爭議的商標應予撤銷，判令商標評審委員會重新審議有關商標。

不過，法院認為米高佐敦對喬丹的拼音"Qiaodan"不享有姓名權，以"Qiaodan"或"qiaodan"作為商標亦未見違反商標法中「有害於社會主義道德風尚或者有其他不良影響」、「以欺騙手段或者其他不正當手

段取得註冊」的情況，因此駁回有關重審申請。

參考資料：

The Bilingual Legal Information System of the Hong Kong Government, Intellectual Property Law, Trademarks Laws.

第四章

醋「宅男」

朋友最近收到一些莫名其妙的短訊,發短訊的人幾乎每天都在暗中觀察她,但我的朋友卻不知道對方的身份,而她收到的短訊一個比一個恐怖。

最初,對方只是對她的衣着打扮評頭品足一番,例如:「你今天穿着的灰色西裝外衣不襯你,太男性化了,以後多穿點白色的。」剛開始收到這些短訊時,朋友都不以為然,這些短訊每次都沒有顯示發訊者的電話號碼,又沒有署名。

從後來收到的短訊得知,發訊者必定在跟蹤她,就連她甚麼時候出門,甚麼時候吃午飯,甚麼時候回家都一清二楚。有時她會收到警告訊息,指責她下班後沒有馬上回家,警告她以後不可以這樣做。

繼而她在辦公室也收到這人的字條，有時還有些食物等。朋友絕對不敢吃這人送來的食物，每次都會扔掉它們。

有一次，朋友扔掉食物後馬上收到訊息，警告她下次不可以浪費食物，要吃光收到的食物。看來這個人的操控慾越來越強，而且對她的一舉一動瞭如指掌。

朋友曾向公司要求查看大堂門外的錄像記錄，但上司認為這是公眾出入頻繁的地方，要查也查不到甚麼，不願意浪費時間。

朋友愈來愈害怕，於是報警備案，但警方表示，這樣的案件他們也不會採取甚麼行動，因為對方既沒有出言恐嚇，又沒有甚麼實際行動。朋友實在一籌莫展，不知如何是好，每天過着惶恐不安的日子。

她試過不理會這些訊息，看看對方有甚麼反應。但接着她不斷收到更多短訊，對方甚至把短訊發到她老闆那裏，說她是「他的女人」：「你不可以亂差她，知道嗎？不然我對你不客氣！」

朋友的老闆收到這樣的短訊當然怒不可遏，把她罵了一頓，她真的覺得很委屈，於是再提出要查看錄像記錄的事，老闆怕麻煩，又覺得事態沒有那麼嚴重，只警告朋友說，事情要是再三發生，朋友只好另謀高就了。

這次朋友真的是又憤怒又恐懼，於是拿起筆來直接跟這神秘人對話。她把紙條放在神秘人經常用作留紙條給自己的信箱裏面。她寫道，如果再收到他的短訊就會報警。

沒想到這神秘人惱羞成怒，變本加厲，把她桌上的東西弄得亂七八糟。自此以後，朋友開始懷疑這人一定是公司同事，於是把這人留給她的字條、發送的訊息全送來給我仔細研究。

根據我的觀察，這人最初發給我朋友的訊息都是「非本區」發出的，很可能使用國內電話號碼。後來收到手寫的字條，字體都很工整，每次字條都摺疊得井井有條，一絲不苟，似乎用的都是同樣的筆和紙。

再仔細察看這些短訊的內容和行文，我發現這人無疑操控慾極強，因為他對我朋友的衣着、食物都會品評一番，又會要求她穿着特定的衣着款式，當她扔掉他送來的食物時，還會惹起他的警告。此外，這人更恐嚇老闆，表明我朋友是屬於他的，不容許其他人對我朋友有所指點。

這人說話並不粗鄙，加上字體工整，應該受過點教育。由於他字跡過於工整，不像一般香港人，估計是一個會用電話短訊，會隱藏自己電話號碼，又會買Starbucks咖啡的人，年齡應該不超過五十歲。這個年紀能寫得一手好字的香港人為數不多，加上短訊裏這人的措辭如「亂差」、「我的女人」顯示

出一定的普通話背景。此外，這人還有一句慣用語「不可以」。

因此，我得出的結論是，這人應該不到五十歲，母語背景為普通話，受過教育。衣着也應該是整整齊齊的，也可能是個醋罐子，說話不多，不會長篇大論，不作解釋，只發命令，骨子裏應該是個大男人。

我叮囑朋友多留意身邊有以上特徵的男人，有機會就搜集一下他的字跡，有了字跡便可以肯定這神秘人是誰了。

這也不容易，正如朋友所說的，公司內部溝通大多用電腦，很少人會書寫了。而且大部份人或多或少都會講幾句普通話，所以很難分辨誰有普通話背景或大陸文化背景。朋友也只好繼續觀察。

直至朋友與她的男友冰釋前嫌，男朋友久不久也會出現於朋友和同事的工餘活動，神秘人送來的短訊言辭變得越來越粗暴，當中臭罵她是蕩婦，不知好歹，並說不許朋友和她男友一起，否則就淋她鏹水，殺她全家等。這次朋友把短訊交了給警方，但警方也只是備了案，因為對方沒有採取其他實際行動。

我朋友這次真的受不了，決定辭職。第二天回到辦公室，要求跟老闆解釋清楚，老闆似乎很忙，她唯有跟老闆的助理預約見面時間。我朋友問助理：

「老闆在忙嗎？我能否跟他談談？」對方回答了一句「不可以」。我朋友聽到這句話感到有點毛骨悚然，然後記起我囑咐過她要盡量搜集可疑人物的字跡，於是要求助理幫她約時間跟老闆會面。助理翻開老闆預約的記事簿，我朋友看到記事簿內的字跡工工整整，再看這位助理穿着整齊，領結打得不大不小，衣着鞋襪整潔無瑕，我朋友差不多可以肯定神秘人就是他，於是故意問他借紙筆，說要給老闆留下口訊。助理遞來了一支圓珠筆和紙，無論是圓珠筆的色墨還是我朋友收到的紙條，顏色都一模一樣。於是我朋友寫了一句：「我辭職了，因受到你助理的騷擾。」助理看着我朋友寫下這句話，臉色一沉。我朋友突然勇猛起來，當面斥責這個助理，「你想怎麼樣，是你一直給我發那些短訊嗎？」助理依然一言不發。「你是不是又要給我發短訊或者恐嚇我！我決定辭職了！」助理滿臉通紅，我朋友於是乘勝追擊，一手搶過老闆的記事簿，「這就是我的證據，我已報了警，看來辭職的應該是你吧！」誰知助理一聲不吭，拿起背包衝出大堂，當我朋友追到街上已不見他的蹤影。

事情總算告一段落，我朋友繼續為公司效力。畢竟多年來她在這間公司不斷努力，才有如今的薪金和待遇，所以她實在不捨得離開。

但是過了不久，她偶然仍會收到這個助理的短訊。但朋友已經習以為常，就當是舊朋友用奇怪的方式告知她「他仍健在。」，她不會再為這些短訊擔憂或驚慌。

本案同樣採用了筆跡研究，正如之前提及的字體形態分析，不過，本案牽涉其他因素如實際字條和書寫工具等。如果可以對字條所用之紙張作物料分析，或者對寫字條那支原子筆作出筆墨分析，憑着物料證供之化學檢測，當然可以加強分析結果的準繩度。但由於本案還未進入法律程序已水落石出，加上當時人已自動消失，因此不需進行任何化學檢測。但從另一個角度去考量，本案除了研究字體之外，也分析了字條的行文方式以推斷出寫字者的個人特點。

其實，我們每個人說話、行文都會有一些個人風格，我也曾經因為常用「反正」一詞，而被本地人誤以為是外來人。這些小習慣很自然成為一些個人特點，讓聽者能夠識別。只要我們多留意別人說話時的遣詞用字，以至說話時的動作，自然更容易掌握和理解對方的話，甚至掌握對方一些個人特點。

參考資料：

根據陸谷孫《英漢大詞典》的解釋，Idiosyncrasy是指個人特有的氣質、慣性和癖好。從語言學的角度來說，Saussure就指出我們對文字的解釋本來就是隨意的，不會有既定必然的方式或答案，會視乎每個人使用或理解這些文字時的意念和環境而定，因此免不了會帶着一些個人色彩。

有關Ferdinand de Saussure的學說請參考：
Harris, Roy. (1987). *Reading Saussure: A Critical Commentary on the Cours de Linguistique Générale*. La Salle, Illinois: Open Court.

第五章

閒來是非原來譭謗

有兩個本來要好的朋友，因工作認識對方，彼此欣賞，事事有商有量，到後
來為勢所逼成為競爭對手，其中一人求勝心切，把好朋友的公事、私事都告
訴上司和其他同事，這可能就是現今社會所謂的「辦公室政治」。說到底就
是「是是非非」。但有人把這些是非變賣成情報，當中有的是真實資料，但
大部份是虛假資料。受害人是我的好朋友少怡，有一次她終於按捺不住，向
我哭訴，說她自己前途堪憂，倍感傷心。一來由於她做的都是以誠信為本的
行業，名譽攸關，二來本以為知心的好友倒戈相向，不僅傷了感情，也讓她
再也不敢信任別人。好朋友用了一段很長的時間來接受她失去好友的事實，
這對她的事業也有消極影響。

少怡本來以為讓時間慢慢過去，事情便會恢復正常，直至她申請續約被拒，
她才想到要瞭解事件始末。於是她向主管徵詢為何申請續約未獲批准。主管

雖然沒有直接解釋所有原因，但主管三番四次對朋友的誠信提出質疑。朋友問主管為何對自己有這樣的理解，主管可能亦有點想推卸責任，明示或暗示是根據與少怡要好的同事轉述給他的資料。當中包括少怡的婚姻、經濟狀況均出現問題，並和下屬有曖昧關係等，導致主管對少怡的誠信和處事方式有所保留，於是決定不與她續約。

少怡真的覺得信譽掃地，就算再找工作，有這樣的背景也會令人懷疑，所以少怡決定申請上訴公司的決定，並要求把她申請續約的過程及內容都公開覆核。一場由是非而引起的法律糾紛由此展開。主管後來為了息事寧人，願意刪除報告當中涉及少怡誠信有問題的語句，但少怡發現是因為被人中傷而掉了飯碗，她心有不甘，於是決心追究到底。

一位律師朋友建議少怡以誹謗罪起訴其同事，一般誹謗罪都與訴訟人的名譽受損、受到「惡意」詆譭以至訴訟人的品德蒙上陰影而受到實質損害有關。少怡情況完全符合，可以考慮通過這個途徑控告她同事。但這也要得到她的主管合作拿出證據，而少怡的主管一向都是怕煩怕事的人，至於他是否願意確實指出消息來源又是另一回事了。

少怡是位忠心耿耿的員工，工作表現素來良好，公司幾經風波，但她一直沒有想過要離開，經歷幾次減薪也都與公司共渡難關，她跟主管解釋說自己不是想要甚麼賠償，只是想查個水落石出，討回公道，以便日後另覓出路而

已。最後，主管終於應允告知朋友事情的一切經過。

主管清楚指出是少怡的好朋友兼同事告訴他的，她說少怡與丈夫的婚姻關係亮紅燈，正在辦理離婚手續等，這都是同事告訴主管的其中一個所謂的「事實」。因為要符合誹謗罪名，至少要證明對方刻意扭曲聲稱的「事實」，而不是對方的「個人意見」。同事更聲稱朋友與下屬有曖昧關係，這又是另一個「事實」，而不是她的「意見」。她報告主管的全都是以事實陳述，而不是個人意見，所以律師朋友認為有足夠的條件相信這是誹謗，可以進行下一步分析。一旦證明這些指稱與事實相違背，才可以指控少怡的同事誹謗。

即是說少怡的同事沒有講明這是個人意見，假如她有解釋清楚，只是她個人認為少怡私生活不檢點，可能會出軌，那結論便有所不同。就等同於平常有人在街上罵另一個人是「八婆」、「死人頭」，這樣的謾罵出於個人標準和主觀意見，雖然被罵的那一個認為自己其實不算「八婆」，也不是「死人頭」，但這也算不上是誹謗。但少怡的情況不一樣，同事聲稱的都是一個個虛假的「事實」，而因為她這些報稱的謊言，導致朋友不獲續約，以至個人誠信蒙上污點和招致失去合約，因此朋友是絕對可以提出控訴的。

少怡向主管解釋她提出訴訟的原因和計劃，主管便改變主意提出要替她續約，但少怡想要的，其實只不過是一次與同事對話的機會，甚至不需要她的道歉。少怡是個明白事理的人，她能理解同事的行為，無非為人臣者自求多

福，要爭取老闆的青睞，就算不能飛黃騰達，做起事來也少了些顧忌。中國歷史上這類官場的勾心鬥角多的是，所以少怡也不打算跟她的同事斤斤計較，反正她已打算另謀高就，所以她相信也不需要再跟她比拼。因此她只是想跟這同事有一次面談機會，理解同事的想法，讓她知道自己的感受。

所謂不患其民，只患其在位者，所以少怡也不打算再侍其主。少怡也想息事寧人不會真正提出起訴，但寫了一封信給她的主管和同事，讓他們清楚明白，同事搬弄是非為謀一己之私並不是簡單的「八卦」舉動，並不是辦公室裏小女孩的是是非非，或對另一同事評頭品足這麼簡單，她是有意中傷他人，目的是排除競爭對手，這是蓄意安排的，最終導致朋友名譽受損、失去工作，這是真真正正的「譭謗行為」。至於主管偏聽偏信，不分青紅皂白，這麼容易便相信一個同事的小報告，也是主管的過錯。

少怡最終換了工作，但面對新同事，猶有餘悸，小心應變。看到她的情況，我心裏感到難過，本來是活活潑潑，快快樂樂的一個人，如今像一隻驚弓之鳥，懷有傷痕，不再心無城府，反而終日沉默寡言。看來少怡要重新享受工作，還需要一段長時間恢復過來。那同事傷害少怡的，何止是損害她的聲譽和令她失去一份工作呢！

一般人對辦公室政治都習以為常，例行公事，說是道非更像閒來無事辦公室裏的日常活動。但要知道當有人把這些是非當作手上武器，有意圖、有計

劃地顛覆是非，處處生事對另一個人作出傷害，姑勿論是聲譽蒙污或是心理受傷害，如受害者確實因為這些「是非」而蒙受實際傷害例如：喪失工作機會、招致金錢上的損失，那已經可以構成「誹謗」而不只是「八掛新聞」那麼簡單。

在法律上誹謗罪（libel and slander）一般有可能是文字上的誹謗（libel）或口頭上的誹謗（slander），犯罪者有意透過文字、照片或影音捏造事實，使別人聲譽蒙受損害和（物質或財政上）有所損失。

根據法律詞典，口頭誹謗（slander）的定義為：

"A defamatory statement made by such means as spoken words or gestures, i.e. not in permanent form. Generally slander is only actionable on proof that its publication has caused special damage (actual financial or material loss), not merely loss of reputation. Proof of special damage is not necessary when the slander implies the commission of a criminal offence punishable by imprisonment, infection with a contagious disease, unchastity in a woman, or is calculated to disparage a person in his office, business, trade, or profession."

Oxford: *A Dictionary of Law*

在報章雜誌裏，經常會看到名人、紅星因失實報導要控告某報章誹謗，但在小市民身上，因誹謗而被檢控的人則不多。因此，捏造是非者，一般都不曉得自己已有可能犯了誹謗罪。尤其是辦公室裏面出現的誹謗，大多是兩三個人以訛傳訛的是非。有人的辦公室就一定有是非，這已是人盡皆知的事實，當有人有意誹謗別人以求一己之利時，大家都只會視之為辦公室政治，沒有想過要控告是非的始作俑者。而受害者都不會清

楚知道自己名譽受蒙污的過程，直到最後受到實質傷害，才會驚覺自己遭人譭謗，很多人到了這個時候，心靈和生活都已經遭受很大打擊，很難馬上採取法律行動和及時搜集證供，尤其是當受害人想到自己除了物質和財政上的損失之外，連帶心靈蒙受的損害也需要加以證明，需要接受醫護人員的心理評估時，就算語言鑑證專家能夠從言語、文字證實對方真有捏造事實的行為，許多受害人到了這個時候，都會放棄控告對方的。

口供實錄

在香港，要處理較嚴重的刑事案件時，錄取口供都需要用到視像，所謂嚴重案件，是包括謀殺、強姦、傷人等。但這些案件一旦要在高等法院開庭，該庭只要牽涉任何不以中文為母語的人士，便會以英文為法庭語言作出聆訊，所以有關案件的一切檔案及證供都會翻譯成英文，聆訊期間也會輔以英文翻譯。

這次我要處理的案件是中英文口供對照的問題。事主是一個名叫莎的十七歲少女，莎中學文憑試之後已經輟學，她在一間卡拉OK當服務員。被告是香港某大學的一年級生。事發當晚，大學生陳某與幾個同學，在莎工作的卡拉OK慶祝考完試。莎當晚負責招待陳某，多次出入陳某的房間。其中一次陳某邀請莎與他們一起暢飲。莎拒絕了，並且解釋公司規定員工不能與客人一同喝酒。陳某便提議等到莎下班後，約她到其他酒吧再喝酒，莎當時不置可

否，轉過頭便離開了。直至莎下班，已是凌晨時份，莎下樓之後馬上見到陳某，他見到莎以後馬上走上前，莎聞到他一身酒氣，還見到他滿臉通紅，知道他必定是喝醉了，所以沒有理睬他，莎一直往前走。陳某卻沒有放棄，一直跟在莎後面，不停要求莎陪他到另一家酒吧，還不時拉着莎的手袋不放。莎見他醉醺醺的，還跌跌撞撞，便截了一部計程車想送他回家。陳某上車後一直未能告知司機他去哪裏，司機開始不耐煩，於是莎便跟了上車，用盡方法讓陳某講出深水埗的一條街名，但計程車到達時陳某像在昏睡。在司機的催促下，莎唯有半推半拉的把陳某拉下車，陳某此時才告訴莎他家的地址，要求莎攙扶他回家。

到達陳某家門口，陳某把鑰匙交給莎，當莎推開門時，陳某從背後把莎推進了屋，之後把莎推跌在地，強姦了她。完事之後他問莎是否願意做他的女朋友，莎怕他再傷害自己便假裝答應，趁機離開他家。

莎當時悲憤交集不知如何是好，回家後馬上衝到廁所嘔吐，嘔吐物沾到衣服上，莎隨即洗澡，連衣服也洗了。

所以這宗案件有點像其他「友儕強姦案」（Acquaintance rape），受害人跟被告似乎相識，但又說不上是朋友，兩人對發生過的性行為有不一樣的看法，受害人一般只能在案發後報警，因此除了自己身上留有對方的精液可作證供之外，一般都沒有人證和物證。由於案發現場是在被告人的家裏，當時

被告的家人都外出旅遊不在香港，沒有人證，莎也洗掉了當天穿着的衣物，所以也沒有物證。最終只有莎事後告訴警方的口供，和警方為被告人錄取的口供。

陳某與莎的口供當然有出入，一個是被告強姦的疑犯，一個是受害人。香港的刑法大致與英國的普通法相同。強姦案中，被告人只需證實當時有理由相信，對方是自願與其發生性行為，便不是「強姦」對方。相信陳某在這方面還下了一番功夫研究，他一直沒有否認與受害人莎發生過性行為，只是辯稱他認為莎是自願與他發生性行為，他的版本是莎在卡拉OK已經接受他的邀請，所以才會一直在莎工作的卡拉OK樓下等她下班。他認為莎知道他有少許醉意，但仍然願意跟他乘計程車回家，這表示她願意跟他一起，「她應該知道這是甚麼意思。」他更辯稱說，事發過程曾有聽到莎說「不」，但莎的語氣不太強烈，只是輕聲的說「不」，所以他「覺得」莎不是認真的，只是在挑逗他而已。

對於事件的經過和一些關鍵動作，兩份供詞的陳述都很不一樣，翻譯與原文也有些出入。

首先關於女事主有否在卡拉OK應約，在莎的口供裏，莎已經解釋公司有規定，員工不准與客人喝酒，陳某邀請她到別處再喝酒時，莎說自己沒有回應他這個要求，並轉頭便走。但大學生陳某說莎當時微微笑了笑，點了點頭答

應了。莎的中文口供是「我冇理佢，轉過頭便走了。」，英文被翻譯為 "I ignored him and turned my head and went away."，至於這個「轉頭便走」，被譯作 "turned my head and went away" 有點畫蛇添足，自然一點的英文應是 "I turned and walked away."，掉頭其實就是 "turned" 的意思，不一定如譯文明確表示「轉頭」然後「行開」兩個一先一後的動作。譯文裏面 "turned my head" 的動作會否牽涉點頭的動作，這很難說得準，因為要視乎當時莎的姿態和行為習慣。要是這樣陳某就以為是點頭答應，他當時的理解是甚麼，真的也是無從稽考。要是他堅持這是他當時的想法，控方亦無可奈何。另外陳某說莎說了「不」，但講話時是輕輕的，也沒有強烈反應，這是陳某對自己當時理解的個人評估，更無可辯駁。但當「輕輕的」被翻譯成 "gently"，就會引起別人的遐想，覺得是女方輕浮地挑逗男方。據莎解釋說，當時她很害怕，她在被告家裏，又不知道被告房間裏有沒有其他同謀，又害怕被告繼續傷害她，所以她哀求被告不要傷害她。但被告沒有理會，繼續向她施暴，她的哀求確實不是大聲呼喊出來的，但也不至於像英譯所稱是「溫柔的」。大概也只能譯作 "said in a low voice" 罷了！

案件裏面，幾處關鍵性的時刻和動作都有不一樣的解釋和翻譯，所以真的很難下定論，我只能向警方和控方律師指出有「值得考究的地方」。

案件對莎最不利之處，是截一輛計程車送陳某回家，為甚麼她沒有不理會他，以及莎為甚麼在事發過程裏面沒有直接報警，又洗掉了所有證據呢？此

外，她還要面對社會上無形的壓力，作為一名「讀書不成」，並在娛樂場所工作的少女，陪審團會否帶着有色眼鏡看她，懷疑她是否那麼單純，那麼善良，把一個醉酒的陌生男子送回家。對方出身中產家庭，是一個有望成才的大學生。無論如何，女方都要面對法庭上嚴苛的問題，反而辯方只需要堅持他的說法，指稱女方是自願的，甚至只需要辯稱說，他理解女方的「不」是帶有挑逗性的，根本沒有辦法分析他當時腦裏面所想的是甚麼，所以這應該會是「審死官」的案件。至於那些翻譯的謬誤，控方是可以質疑的，一般律師都會用這些問題反覆盤問證人，以測度證人的口供是否一致及可信。

但像這樣的案件，會找語言鑑證專家求證的人，實在不多，除非警方的口供記錄，跟證人庭上的口供有明顯分別，才可能會找語言鑑證專家參予案件。不過警方錄取口供時，一般都以為自己是按一般程序辦事，大部份警員都不會以文字為事實的載體，以嚴謹的態度來看待這些對話或者記錄，到最後還是要看受害人上庭時的表現和陪審團成員的背景和理解。當然還要看看對方能不能負擔聘請一個大狀的費用，所以「法律面前不一定是人人平等。」的！

強姦案的受害人，要是能在遭害後馬上報警，警方會安排受害人到醫院驗傷或者派出警員到案發現場來收集證物，例如DNA樣本、精液等等。但一般強姦案，正如本章所述，很多時候都沒有人證，案發現場只有疑犯和受害人，尤其是發生於男女朋友（友儕）之間的強姦案，有些受害人更不會事後馬上報警，到事主思前想後才決定報案時，一些有用的環境證物或遺留在受害人身體上的證物都已經被清洗乾淨，而剩下的就只有雙方的口供，開庭聆訊時便成為雙方的口舌之戰。

至於語言鑑證專家為何在這些時候能有所貢獻呢？主要是因為控辯雙方有可能懷疑口供記錄與證人作證時不相符，尤其是對於一些關鍵詞的用法和翻譯有出入，語言鑑證專家便可能就着這些不同版本的口供作出分析，例如，本案對「搞」這個字的翻譯，英文的口供有時譯成interfere with，有時譯成molest，也有時譯成rape。但究竟證人當時是甚麼意思呢？語言鑑證專家會按當時的語境和證人的語氣和用意提供分析。

又例如，在其他刑事案件如傷人案，證人說疑犯當時用的是一把牛肉刀，在受害人身上「劃」了幾下，這樣的描述自然令人懷疑。因為用的是一把牛肉刀，不是砍了，切了，也不太可能是「劃」了。反之，一個人一刀插入他人的身體，對於他人造成的傷害，和一刀斬過去應該很不一樣，以至由此可以推斷得知，施襲者是有意還是無意造成對方嚴重的身體傷害，是蓄意謀殺還是誤殺，所以這些關鍵動作的描述和翻譯方法是很重要的分析材料。

參考資料：

Ester Leung and John Gibbons (2011) 'Interpreting Cantonese Utterance-final Particles in Bilingual Courtroom Discourse' in Setton, R. (Ed) Interpreting Chinese, Interpreting China. Amsterdam: John Benjamins. Pp 81–106.

真心直說，並無虛言？

「你話當晚你同朋友搞生日party，大家都飲咗好多酒，係唔係呀！」

「係嗰晚同朋友慶祝生日，係有飲酒，不過唔係飲咗好多！」

「你冇飲好多酒？以妳的標準甚麼叫做好多酒呀？」「我有飲，不過無飲醉」，辯方律師繼續追問控方證人，嘗試指出證人那天晚上其實喝了很多酒，雖然沒有醉倒街上，但步履有點蹣跚，是她自己走進被告車內的。

「那天晚上被告跟着用車載你到大埔工業邨一個停車場裏，是嗎？」

「是的，跟着他便強姦了我！」

「Wow，wow，且慢，我只是問你被告是否用車載你到大埔工業邨一個停車場，請先回答這問題。」

「是的。」

「請你以後聽清楚問題，是就說是，不是就說不是，不要胡亂加自己的意見，知道嗎？」

這便是法庭內典型的問答方式，律師的問題大多是兩極化的問題（Polarized question），只有「是與不是」，「有還是無」的問題，加上法庭內法官和律師大權在握，證人們只有唯唯諾諾作答，不能增加任何解釋和詳盡的描述。就像這宗案件的女事主，本是強姦案的受害人，親身經歷事發過程，本是一段充滿驚恐的個人經歷，但案件一經警方處理，就變成警方控告疑犯的事情，受害人只變成控方證人，在法庭內跟被告一樣受到對方律師的盤問。這聽來有點奇怪，但的確是普通法管轄下的一般法律程序。

普通法最基本的要義是「未經證實，不能定罪（Guilty until proven）」，所以一般刑事罪的舉證責任在於控方。辯方只需提出合理解釋，證明自己無罪，又或控方未能「證據確鑿地證實被告人有罪（Proven beyond reasonable doubt）」，便不能判被告有罪。

我作為語言鑑證專家，處理過的幾宗強姦案件中，無論是警方的調查過程，錄取口供的方法、由過程到記錄，或到最後警方翻譯的證供，我都接觸過，亦曾跟主控官研究過強姦案的聆訊，發現這類案件中，從警方調查開始便對苦主做成極大壓力甚或不公平對待，例如警方的調查每次都從苦主跟被告人相識開始，試圖證實苦主與被告其實是認識的朋友，甚至苦主對被告人有意思，而且事發之前，苦主其實是知道被告人是有心跟和她發生性關係的，比如這次的辯方律師問苦主：「你不知道男方和你一起飲酒，而你又願意上被告的車，難道你沒有想過被告會和你發生關係？」，更有律師問苦主：「週末到酒吧飲酒的男士都想有一段快樂時光，你連這個也不知道嗎？」

很多時候辯方律師都會質疑苦主對一般社會約定俗成的習慣、禮儀的認識，例如一個女警司質詢一個十三歲未成年少女沒有穿戴胸罩的習慣。又有律師問一個出生於中上階層，深居簡出的十四歲女孩：「你不知道屋邨住戶都有個吊鎖上閘的嗎？」對於這些問題，苦主的答案不是顯得無知，便是愚昧，總令陪審團產生一種苦主自招禍患的印象！面對辯方律師這樣連珠發炮式的問題，控方證人更好像頓時成為犯罪疑犯，一般的苦主，尤其是那些未成年少女都會招架不住，當被問及相關痛苦經歷的時候，她們更難以招架，所以香港的強姦案件能成功入罪的只有兩成，五宗案件中只有一宗能把被告定罪。

另外，也有因翻譯產生的問題。一些本土化常用的俗語例如「搞」字，或一

些暗號術語之類，都會把簡單的記錄變得更複雜。例如前文提到的個案，那個苦主說：「他搞咗我！」又說：「他強姦了我！」，當時警方的口供記錄把「他搞了我！」譯成（He interfered with me!）把第二次苦主提到的「他強姦了我！」譯成（He raped me!）辯方律師便問苦主，其實被告是"interfered"你，還是強姦你？苦主跟一般香港人一樣，對「性」事不會有直截的表達，一般都用其他動詞代替，例如香港人常用的「搞」、大陸的「上」，極少人會用書面的中文動詞「做愛」去表達性行為，所以苦主的「佢搞咗我！」明顯是一個「主語 + 動詞 + 時態 + 動詞承受人」的句子，這個「我」處於被動狀態，就是被強姦了的意思，要不然就是「我們一起搞嘢」，但英譯 interfered with 的意思亦有點古怪，interfered with一般被理解為「騷擾、阻撓」，而 he interfered with me，亦不是典型的英語表達方式，因為interfere用於表達一件事在進行過程中，遭到另一件事或另一個人的突然加入而影響了事情的發生。所以He interfered with me! 根本不能表達原文「他搞了我！」的意思。若譯者認為把「搞」字譯得過份清晰，變成rape又好像有點過了火，其實可譯為he did thing to me，既可保留原文含蓄的表達，又可把事態一個主動，一個被動的意思表達清楚。

另外的翻譯問題有：「佢摸我。」，譯成 "He touched me."，「佢摸我屁股。」譯成 "He grapped my ass." 的笑話。其實這些風化案當中牽涉的動作最關鍵，如被告伸手摸人只是變成了「觸碰」（touch）到別人，「捏」表示用兩指手指「捏」（nib），又有用整隻手去捏（grap）。至於屁股的英

譯，可以是buttock、可以是bottom，但絕不能被譯作ass，所以翻譯除了要把動作譯得清楚無誤之外，語調（Register）也要拿捏得恰當。

法庭聆訊只不過是法律程序的一個步驟，警方將一個兩三小時的調查提問，整理為一份幾頁紙的調查記錄，即口供記錄，再由一種語文翻譯成另一種語文。當中的轉化是由一個口述談話方式，變成一個筆錄報告，再加上語言之間的差別，中英文譯本之間必定會有差異，所以警方的調查和記錄往往是案件成敗的一部份。一宗官司有賴律師的聆訊技巧，加上法庭規則本身便造就了這些律師掌控聆訊過程的權力，而受害者一己之慘痛，就變成與社會安寧有關之事，受害者因此變成被盤問的對象，控方證人同時也要被辯方律師盤問。整個過程是一問一答，受害人不僅要有問必答，還要用律師指定的方式作答，所以受害人並非主角，聆訊中只有雙方律師的潛台詞和舌劍唇槍才是決定成敗的重要因素。受害人的個人經歷、感受全都變得不重要，其答案都被編入辯方律師佈好的局裏。所以語言鑑證專家的責任，就是要抽絲剝繭，檢察每個程序不一致的地方，希望藉此呈現出更全面更準確的事實真相。

其實法庭內常見的語言特色，除了文中提到的兩極化問題之外，還有雙重、連珠炮發或隱藏的邏輯性問題，例如第十二章裏面，Roger Shuy教授遇到的問題，要是你同意了其中一條問題，便間接承認了其他問題，接下來就很難解釋問題以外的弦外之音，也會造成反口覆舌的印象。雙方律師雖然都有機會用到這些策略，但在刑事案件當中，控方都要先提出控訴內容，而辯方只需要按控方控訴的內容作出答辯，相對而言，這樣可以較容易掌握答辯的策略，並且向對方提出對自己較有利的提問。在美國，有些語言鑑證專家會參與律師接下來的案件，並提供從語言角度分析律師提問的意見，也會測試證人答辯方法不同，會造成怎樣的效果。

例如O. J. Simpson的案件，就是辯方律師結合了語言學和社會科學的專家精研出來的策略。在香港，雖然律師不至於無所不用其技要勝訴，但確實是語言能力較高的律師會佔盡優勢。

至於香港的語言鑑證專家，在這方面都是參與事後工作，不會正式參與律師的備案工作，有的也只不過是提一提意見，不會像美國的律師一樣進行科研分析和設計聆訊策略。一般的事後工作，例如，控辯雙方發現口供記錄和證人的陳述有重要分歧後，因而提出要翻查口供記錄，在這個過程中，會邀請語言鑑證專家分析不同的記錄並提出意見。如文中所述，翻譯過程可能產生一些問題，對一些詞彙來說，不同的翻譯會造成不一樣的效果，例如事主一直以來用的，都是比較地道的廣東話，而翻

譯員把他 ／ 她的話譯成正式的官腔英文，陪審團聽了之後會形成不一樣的印象。語言鑑證專家會分析這些不同版本所造成的不同效果，向提邀的律師提交分析結果，但至於律師會如何處理語言鑑證專家的意見，則視乎個別律師而定。語言鑑證專家扮演的角色只是專家證人，對於律師提供的證供或證物作出分析和提供意見，一般不會主導整宗案件的調查或聆訊過程的。

參考資料：

Shuy, Roger (1993). *Language Crimes: the Use and Abuse of Language Evidence in the Courtroom*. Oxford: Blackwell.

Shuy, Roger W. (1998). *The Language of Confession, Interrogation, and Deception*. Thousand Oaks: Sage.

Gibbons, J & Turell, T. (Eds). *Dimensions of Forensic Linguistics*. Amsterdam: John Benjamins.

第八章

閱讀障礙都是罪？

怡是一個中葡混血兒，在澳門長大後，十八歲來到香港工作。怡的父親是一位葡籍警司，有酗酒的習慣，怡是因為父親一次醉酒拿起菜刀，追着要砍她而離家出走，她幾乎是跳船逃來香港的，怡的母親自她出生後便患有精神病，開始時是抑鬱症，後來演變為精神分裂，所以怡自小沒有傾訴對象，語言發展亦有點障礙，她小學入讀澳門的國際學校，唸的外文是英文而不是葡文，只能看懂少許中文，亦只能進行簡單的日常交談，書寫方面亦只有香港一般幼稚園程度的中文。至於葡文，因為怡一直有點抗拒爸爸，所以不曾嘗試努力學習葡文。

怡生得婷婷玉立，一副標準身材，與「同齡」十八歲的少女比較，怡算得上是漂亮。一般人只看到她的外表，只知道她是一個十八歲的美少女，沒有留意到怡的語言能力，她的詞彙量可能只相當於一個十二三歲的小孩。怡來到

香港時身無分文，又不敢回她澳門的家，正在碼頭躊躇的時候，碰上一個自稱模特兒獵頭公司的負責人，對方大讚怡如何漂亮，如何具備當模特兒的條件，又告訴怡將會有工作介紹給她。怡當時以為，有一份工作便可以解決她的生活所需，於是她真的跟這個中介人到他尖沙咀的辦公室。這名中介人替怡拍了許多照片。怡見他們又沒有要求她拍那些性感照片，以為他們是正經的模特兒公司，於是便與這間公司簽了合約，之後怡也報讀了香港一間職業先修專上學院，辦了一個學生簽證，在香港展開新生活。

這間公司把怡的照片放到公司網站。後來，公司確實一次又一次安排怡為一些照相發燒友當模特兒，直至一次碰上幾個怪人。這些人確實是「發燒友」，簡直是燒壞了腦袋的一輩色情狂，他們藉故教怡擺甫士，繼而對怡摸手摸腳。怡初時不以為意，後來有一個發燒友更得寸進尺，要求怡與他單獨外出，說是替怡拍攝特輯，怡當着他的面已經拒絕了幾次，但這個發燒友居然跑到怡的公司投訴，指他付了錢給公司，讓怡做他的模特兒是天經地義的事，怎可以拒絕他的要求。這間模特兒公司於是向怡施壓，要怡接受公司委派的任何工作，當中包括陪同這個發燒友外出進行拍攝。

怡接着幾天都不敢上班，公司負責人不停打電話給她，她連電話都不敢接。之後公司發警告信給她，怡更不知所措，不知道如何處理這件事，模特兒公司繼而以曠工及無故毀約，要求怡賠償他們的損失。

怡第一次出來工作，也不懂得香港的法例，所以被嚇得六神無主，於是聽朋友介紹，來找我的律師朋友求助。

我的律師朋友和怡面談一次，已經發現她的表達能力有點問題，但又說不出是哪裏有問題，於是邀請我幫怡做一些語言測試。

我首先看了怡的合約，合約以中文草擬，條文清楚說明怡必須接受公司安排的工作等。我問怡有沒有看過合約條文，怡說只是看了一眼，但發現自己根本看不懂內容，於是便不再細讀那份中文合約，草草簽了名就算。事實上許多人簽約時都沒有完全了解合約細節便簽名蓋章，更何況怡的語文能力只有初中程度，無論她如何努力，也不可能看得懂合約裏面艱澀的法律語言。

我搜集了怡寫過的一些東西，並且進行了一次語文程度測試，我發現怡的理解能力達不到香港的中學程度，她能夠理解的句子，長度不超過12個字，但合約裏面的條文，句子平均長度已經超過40個字，雖然這是一般法律文獻的句子長度，但其實已經遠遠超出了怡的理解能力。怡的詞彙量亦遠比一般中學生少，她曾寫的文章裏面，多缺乏闡釋與舉例辨證，她用的詞彙來來去去都是那幾個，很明顯的是，合約裏面超過百份之五十的用詞是怡不能理解的。怡自小怕講錯話刺激到媽媽，面對孔武有力又酗酒的爸爸，她更是無法招架，所以每當與他人發生衝突時，她都不會與人爭辯，多數是避開便算。所以一直沒有向模特兒公司提出自己遇到的問題。

怡不可能有足夠金錢聘請律師答辯，加上我那位律師朋友，也不覺得怡可以因為無知（ignorance）的原因，用這個作為沒有履行合約的辯護理由，我唯有寫了一封信回應模特兒公司，並一併附上我替怡所做的語文能力評估報告，希望模特兒公司的負責人明白怡的情況，並且取消向怡索償的要求。模特兒公司不相信怡的外表如此成熟，語文能力卻會這麼低，所以模特兒公司堅持索取賠償，事情發展到這個地步，我其實也預料到怡的反應。果然，怡最後放棄香港的學業，逃回澳門，又回到那個有暴力傾向的酒鬼爸爸身邊。

其實怡的「逃」，由她童年時便開始了。她逃避與媽媽交談，怕講錯甚麼東西刺激到有抑鬱症的媽媽，「逃避」與酗酒的爸爸交談，對兇神惡煞，蠻不講理的父親心存恐懼，在學校裏害怕表達意見，「逃避」同學奇異的眼光。怡這次又以「逃避」的方式處理事情，也是意料中事。不知道怡如何理解自己的命運，但她不成熟的語文能力和不願表達的性格，影響了她做人處事的方式，當然也影響周圍的人對她的看法，以及與她相處的方式。怡可能會覺得，遇上這樣的父母是因為自己命運不好，但其實深入分析及理解怡的問題之後，就不難發現，只要怡能夠提高她的語文能力，增強自信心，獲得別人鼓勵，並且敢於表達自己的意見，就可以改變自己委曲求全的心態，以扭轉自己的命運。至少，從我作為一個語言鑑證專家證人的經驗，我絕對相信語言的威力。

律師在甚麼情況之下會為證人做語文評估呢？律師是會因應案情而作出決定的，例如本案裏面的當時人，外表成熟但語文能力只有初中小學程度，在這種情況下，律師會考慮為證人做語文評估。另一種情況是案情牽涉智障人士，律師就需要考慮智障證人語言能力的程度，以及證人是否具備出庭作供的能力等。一般律師會參考語言學家或者心理學家作出的分析，而考慮會否讓證人作供或者如何讓他們作供，例如安排受害人作供，但不和被告人同堂作供，或者只用遙距視像作供。至於評估方法，要視乎個別案件而定，一般都包括案件用到的主要詞彙的測試，要看看當時人是否真正理解這些詞彙的意思和懂得使用這些詞彙，也有些證人是不懂用言語表達自己的，那麼心理專家和語言學專家會一起解讀證人提供的圖像，或者心理專家會讓證人看一些圖像，然後觀察他們或她們的反應等等。

參考資料：

常用的I.Q.test有Stanford-Binet和Weschler tests。心理學家（psychoanalyst）用到的心理測試是千變萬化的，經常使用的就有一百多種。語言鑑證專家使用的測試也沒有既定的方式，主要都是就案情和證人而定，再參考一些公開考試的準則如IELTS、TOFEL等。

Adler, J. R. (Ed.). (2004). *Forensic Psychology: Concepts, Debates and Practice. Cullompton*: Willan. Taylor and Francis.

Gudjonsson, G. H. and Lionel Haward (1998). *Forensic Psychology: A Guide to Practice.* Routledge.

第九章

手機短訊

發現愛蓮屍體的是一羣八九歲的小男孩。他們騎單車經過小徑，小徑沿着小村莊的外圍剛好繞了一圈。平常很少人會在小徑上走，只有一些小孩無聊時才會騎單車經過，因此，愛蓮的屍體被發現時已經開始腐爛。那羣小孩因為聞到一股腐爛的味道，再看到一團白色肌肉，才驚覺這是一具屍體，於是報案。

愛蓮離家當天與她媽媽吵了架，原因是愛蓮開始跟一名男子交往，她經常在外流連，有時甚至晚上都不回家。愛蓮的父母在她年幼時離婚，父親雖然早已另結新歡，但仍會跟愛蓮保持聯絡。父女偶然還會相約吃早餐或下午茶。愛蓮的母親寶琳一直單身，也沒有怎樣刻意安排自己的生活，所以生活從來都是以愛蓮為中心，按着愛蓮的需要來安排上學接送。在愛蓮上課的時候，她不需要管接管送，就在街角的小店當兼職售貨員，這樣的家庭在英國真是

非常普遍。但寶琳真的怎樣想也不能明白，不能接受自己已經失去了愛蓮，女兒再也不會回來。

寶琳看着愛蓮離開時的房間，看着愛蓮留下的毛公仔、牆上貼滿愛蓮提醒自己要做的事情的紙條。到了現在，寶琳還是沒有心情開始收拾愛蓮的東西。

愛蓮失蹤後的幾天，寶琳仍然收到愛蓮的手機短訊，雖然她察覺到有點不妥，但又說不出有甚麼問題，加上愛蓮出門前還跟自己吵了架，她真的以為愛蓮是在生自己氣，回去跟爸爸暫住，所以心裏雖然忐忑不安，但她沒有想過要報警。

愛蓮離家後，寶琳收到愛蓮的手機短訊，說的都是「我很好，不用掛心。」、「我需要時間安靜一下，再跟你聯絡。」但每當寶琳回短訊時，愛蓮便關上了手機，沒有回音。如是者過了差不多一個星期，愛蓮最後留下一句話，說「我在爸爸那裏，以後不用找我。」。寶琳覺得很奇怪，於是打了個電話給前夫，愛蓮的爸爸說，已經很長一段時間沒有見過愛蓮，也很久沒有和她通電話了，雙方確認了一下，發現愛蓮原來已經失蹤了一個星期。

寶琳此刻才意會到女兒可能出事了，但她仍不敢相信女兒可能已經遇害。她向警察報案時，也只是說「女兒失蹤了。」。由於她仍收到女兒手機發來的短訊，她仍然相信女兒應該安然無恙，可能只是和男朋友離家出走一段日子

而已。

愛蓮用的手機只具備最基本的功能，而且案發後大部份時間，手機都是關上的，所以警方未能循着訊號找到手機位置，但警方曾經四出尋找愛蓮的朋友，也曾經偵查愛蓮最近的活動和去向等。問題是愛蓮從來都是沉默寡言的，朋友也不多，警方從她朋友搜集得到的資料亦因此非常有限。

寶琳較早之前發現女兒早出晚歸，身上還經常帶着一陣煙味和酒氣，還有一次發現女兒的褲袋裏有一些不知名的粉末，所以她才正面和女兒對質，吵起架來。但愛蓮一直堅持說，煙不是她抽的，酒她也沒喝，煙酒味源自她的朋友。寶琳追問是甚麼朋友，愛蓮便發狂了，大聲說不要媽媽管這些事。母女每次吵架都以傷心流淚作結，所以寶琳也只能夠乾着急，也不想再為這些事弄到母女關係更差。寶琳最近跟女兒相聚的時間不多，交談機會更少之又少，所以寶琳心裏想再忍耐一下，愛蓮畢竟也只是一個十五歲的小女孩，青春期的孩子大多是這樣反叛的吧！所以，寶琳不想再強迫愛蓮交代所有事情的始末，只希望她每天上學，按時完成功課便算了。

寶琳讓警方閱讀愛蓮的手機短訊，警方開始時沒有察覺到有甚麼問題，於是把這些資訊全部交給語言鑑證專家來協助調查。語言鑑證專家搜集了愛蓮發給寶琳的其他手機短訊，和愛蓮平常替自己記下的短訊，發現有些不太吻合的地方，例如，愛蓮一般會用表情符號如:) 以加強表達自己的意思，尤其

會在句子結尾的地方加上卡通表情，來表達自己的情緒，但自從愛蓮離家出走的那一天起，發給寶琳的手機訊息裏面，沒有一條訊息是帶有這些表情符號的。

愛蓮也常用代號或簡單縮寫符號，例如Lol、ttyl、k等等，但寶琳收到的短訊，沒有一條用到這些表達方式，反而愛蓮的訊息裏面，超過兩條是說「不需要……」（no need）、「不要」（don't）的口吻。這些都不像愛蓮一般的口吻，語言鑑證專家比較過愛蓮發給其他人的短訊之後，幾乎可以肯定，愛蓮離家出走之後，發給寶琳的訊息全部都不是愛蓮自己發的。警方亦因此推斷，愛蓮應該是在她離家失蹤當天已經遇害，手機應該仍在兇徒手上。直到愛蓮的屍體被發現後，愛蓮的手機已經被關掉，再也沒有訊號。

警方按着愛蓮的通訊記錄，找到其中一個愛蓮經常聯絡的朋友。他發給愛蓮的訊息中，也比較少用表情符號或簡單縮寫符號。這名男子叫東尼，是一個二十歲的男人，他自稱沒有固定職業，偶然會做些散工，愛蓮的朋友也確認，最近看到他和愛蓮經常在一起。

當警方拘捕他時，他身穿的夾克也傳出某牌子的陣陣煙味，這種煙味在愛蓮的遺體上也能找到，警方可以肯定愛蓮生前就是和他一起。當警方再抽取他的DNA時，發現愛蓮身上也沾有這人的DNA。最後這人也經不起警方盤問，自己供認錯手殺死愛蓮的經過。他辯稱，他和愛蓮開始時只是互相挑

逗，抱一下吻一下，但到他慾火被挑起、按捺不住的時候，愛蓮卻想抽身而去。他一時之間分不清是慾火還是怒火，就推倒了愛蓮。愛蓮躺在地上，頓時不省人事，任他怎樣再叫她，她也沒有清醒過來。東尼一時不知道如何是好，看見她耳朵流出血來，害怕在地毯上留下血跡，所以用保鮮紙包着她的頭，然後扔她在小徑上。他曾經回去現場視察情況，希望等待時機才回去處理，所以他便用愛蓮的手機，每天發手機短訊給寶琳，以拖延時間。但無奈屍體不知道是被甚麼動物咬去一些皮肉，腐爛得更快更可怕，他更不知道該如何收拾這個「爛攤子」，所以沒有再回去處理。

法醫官後來在愛蓮的頭顱骨發現三條裂紋，相信愛蓮受到不止一次撞擊而導致頭骨破裂，不但沒有即時獲得急救，還被保鮮紙包裹着鼻子導致窒息，再加上腦部失血引致死亡。

寶琳獲悉女兒遇害的過程，回想起當天愛蓮離家出走時的一舉一動，回想起她和女兒一句句的對話，回想起愛蓮兒時的哭與笑。一想到她既聰敏又頑皮，寶林還以為自己正在經歷每對父母都會經過的一段艱難時間，女兒也會有一天長大，會過渡至青春期的，沒想到自己還未做好準備調整自己跟女兒的溝通，女兒的生命已經提前結束，還是因為一個人一下子的失控，「意外」推倒女兒，令她失救至死，使愛蓮轉瞬間由一個活潑可愛的小孩，變成一具沒有生命氣息的屍體！寶琳怪責自己，怪責前夫，怪責愛蓮！但是一切都在轉瞬間失去，愛蓮已經不在人世。

Tim Grant是伯明翰（Birmingham）的語言鑑證教授。他曾經處理的其中一宗案件，是受害人親屬收到謀殺犯的短訊，最後謀殺案罪犯雖然被捕，但受害人的屍體至今仍未被尋回，所以該宗案件仍是一宗懸案。因此，本故事雖然建基於Tim Grant手機短訊的語料庫研究，但未能完全根據這宗案件的報導來撰寫，筆者只能運用自己的想像力再創作本故事，目的是要帶出手機短訊語料庫的作用。現代科技瞬息萬變，影響人與人之間的溝通方式和習慣，所以Tim Grant提倡建立手機短訊的語料庫，以研究現代人的溝通方法和特色。

第十章

遺書

Nirvana 的主音歌手Kurt Cobain之死，至今仍是眾説紛紜。一九九四年四月八日，西雅圖警方接報在Kurt Cobain的寓所，發現Kurt倒斃家中。警方的驗屍報告指Kurt Cobain在四月五日當天，頭部近距離中槍死亡。

四月八日當天，警方收到一名到Kurt Cobain寓所維修保安系統的技工報案，是他首先發現Kurt的屍體。他身旁有一紙遺書，是用一支筆插在花盆內的。

Kurt Cobain素有吸毒習慣，之前他也在戒毒中心接受治療，但就在他死前幾天，離開了戒毒中心，是他妻子Courtney Love發現他中斷了戒毒治療，無故失蹤，她報稱Kurt有自殺傾向。因此，她僱用了一名私家偵探Tom Grant調查Kurt的下落。Kurt的家族裏面也有躁狂症（Bipolar）的病史，所以Kurt

自小也有抑鬱傾向，在他的日記裏，他提到自己七歲開始已有一種悲天憫人的情懷，比一般人都特別敏感，難以感到開心。

直至後來組織了樂隊Nirvana，樂隊在短時間內紅透半邊天，然而Kurt在日記裏面提到自己不太適應被媒體渲染，並且對自己感到失望。

在他其中一篇日記裏面，Kurt提到在他們第二次巡迴演出時，他感到胃痛難當，從這時開始，他注射海洛英以減輕痛楚，以至可以繼續巡迴演出，但自此毒癮越來越深。

法醫官發現在Kurt的遺體內，殘留着高濃度有毒化學物。Kurt的雙手佈滿針孔，相信Kurt毒癮頗深，而且死前注射了海洛英。

警方沒有在現場發現其他可疑痕跡，手槍是Kurt自己買的。Kurt的屍體被發現時，手裏還緊握着這支手槍，加上他的遺書和法醫官報告，警方斷定Kurt死於自殺。

但Courtney Love僱用的私家偵探，卻對這個觀點有所保留。他相信Kurt是被謀殺的，並且提出幾個疑點。首先，在Kurt的遺書裏面，Kurt沒有説過他要自殺，他只解釋説自己為何要離開Courtney和女兒Frances。Kurt一直以來都有寫日記的習慣，（見圖一，Kurt的遺書和日記），因此不見得這次案發現

場所發現的，是Kurt的遺書。私家偵探也很懷疑這張遺書最後的12行字是否由Kurt親筆所寫。

此外，警方在遺書裏面或者插着遺書在花盆內的筆桿上面，都找不到Kurt的指紋。警方解釋説，是Kurt把筆桿插入花盆時，筆桿上面的指紋可能會被泥土擦掉。而紙張在溫室裏也可能霧化，導致指紋消失。

Tom Grant指出，根據警方報告，Kurt體內含高濃度有毒化學物，以這種濃度，Kurt不可能保持神智清晰，並向自己頭部開槍自殺。Tom Grant後來更著書立説，指Kurt Cobain是被謀殺的，所以對於Kurt Cobain的死因有許多猜測，有些被製作成電影或清談節目，也有各種不同的流傳。

我算不上是Nirvana的歌迷，但對Kurt Cobain的音樂造詣和文采相當欣賞，所以對他的「自殺遺書」很感興趣。

據説，西雅圖警方當天也做了筆跡測試來比對這份遺書和Kurt Cobain的其他筆跡，發現並無重大差異，所以警方確定是Kurt Cobain的真跡。

至於Tom Grant所指，「自殺遺書」最後的12行字與前文不一樣，應該是其他人後來加上的筆跡，筆者不太同意他的分析。

據我觀察比較Kurt Cobain其他的書寫習慣，他經常會變換字體。例如，要加強語氣時，他會改用大寫。同一份手稿裏面，他最常出現兩種不同方向的字體，一是正中的，另一種是稍為傾右的，視乎他當時的心情和內容而定。當他比較理智，或者需要討論與公事有關的議題時，他的字體會比較傾右，但當他主要表達個人感受或情緒時，字體則比較正中。也有筆跡專家指出，字體傾右的人一般比較喜歡表達自己，正中的多是比較忠於自己，是正直的人，傾左的則屬於比較內向，不太喜歡表達自己的人。

Kurt Cobain的筆跡還有幾個明顯特徵。一、字母與字母之間少有連筆，都是一個字母跟一個字母分開的；二、他"a"字的寫法是"a"，"i"是"i"，"r"是"r"而不是草書的"ɿ"，其他大部份字母都不是草書，就以Frances他女兒的名字為例，（見圖一）Frances的寫法都很一致，大小雖然不一樣，但都以同一種方法書寫。若有人要模仿他的字跡，能夠做到這樣相似是極不容易的事。

況且，語言鑑證不一定只能用一種分析，所以我認為筆跡鑑證不是唯一途徑。

語料庫是語言鑑證的重要工具，是語言學重要的發展之一。有些語言學專家搜集大量語言數據編成字典的資料，也有人利用這些數據設計文件及公文規格等。自從二零零八年開始，語言鑑證正式流行，並成為一門科學，語料庫

隨即成為語言鑑證裏面其中一個很重要的工具。

我認為語料庫可以用來分析Kurt Cobain的遺書，並且進行一個心理語言學的側寫（Psycholinguistics Profile）。

Vienna Corpus of Suicide Notes是一個專門搜集及研究自殺遺書的語料庫，雖然搜集的數據以德文為主，但作出的分析卻包括不同層面，庫存詳盡。例如，針對遣詞用字、句子結構和文法分析，也包括筆跡、篇幅和遺書被發現時的所在地及內容主題等。建立這個語料庫的人，是一名維也納大學語言治療專家（Clinical Linguist）Brigitte Eisenwort，她建立這個語料庫的目的，主要是希望預防自殺個案發生，及早發現患有自殺傾向的徵兆，以至對懷疑有自殺傾向的人士提供有效的治療和輔導。

根據這個語料庫的分析，自殺人士的遺書，內容可以分為幾個主題，主要包括：一、愧疚；二、病患；三、失去希望；四、交代身後要安排的事；五、工作問題等。

Kurt Cobain的遺書幾乎包括了上述五項。首先他對自己的事業和創作失去興趣，並因為自己的作品缺乏創意而感到非常愧疚。

"I haven't felt the excitement of listening to as well as creating music along with reading and writing for too many years now. I feel guilty beyond words about these things."

他對自己向樂迷賺取利潤，但無法表現出一副享受的模樣感到矛盾。

"The worst crime I can think of would be to rip people off by faking it and pretending as if I'm having 100% fun."

Kurt也在他的日記裏面，批評過娛樂事業的貪婪、美國人的自我審查態度以及虛偽等。對於音樂創作這個事業，他雖然有理想，但似乎也有着一份無力改變的感覺，因他已失去那份熱情（passion）。

對於其他人Kurt也是帶有愧疚，自覺不配。他稱讚Courtney是女神妻子（a goddess of a wife），女兒Frances有着自己對人有信有愛的因子，但正因她和自己太相似，不想Frances步自己後塵，成為一個悲傷、有自殺傾向的人。

Kurt巡迴演唱時感到胃痛，到後來深陷毒海，情緒不穩，他感到無法改變這些已經發生的事，對自己失去希望，所以他寧願將Frances交給Courtney，希望Courtney能夠為了女兒繼續努力下去。

所以，一般自殺遺書裏面經常提及的事，Kurt Cobain的遺書都有提及。對

比他日記裏面的其他內容，也可以看見Kurt Cobain性格比較憂鬱。他不單不滿意娛樂圈，不滿意人類社會，連對自己也非常嚴苛。從他文章裏面，他的文法、用詞、字與字之間的清楚表達及經常修改自己的文字等，都可見到他對自己要求嚴苛。他追求公平公義，例如，他知悉「樂與怒」原是來自黑人社羣，感到十分高興，但因它被迫配合白人的標準而感到憤怒。

"I like the comfort in knowing that the Afro-American invented rock and roll yet has only been rewarded or awarded for their accomplishments when conforming to the white man's standards."

他喜歡女性，更認為女人比男人優勝和聰明，是社會重要的支柱。

"I like the comfort in knowing that women are generally superior and naturally less violent than men."。但同時，也正如他自己所說，他也是一個非常情緒化的人 "a moody baby"。從他的字體「時而傾右，時而正中。」可見一斑。

無論Kurt Cobain當時是因受到海洛英影響而自殺，還是他受到憂鬱症的影響，以致無法享受自己的成功及樂迷的擁戴，Kurt Cobain可算是真正失去希望，充滿悲傷和憂戚的人。因此，我認為Kurt Cobain 是自殺而不是他殺的。同時我認為語言鑑證的方法，不一定只採取一種，要盡量把握能夠驗證

的資料，從不同角度，用不同方法來審視這個學科，才能夠把這些證據更立體、更人性化的重現出來。

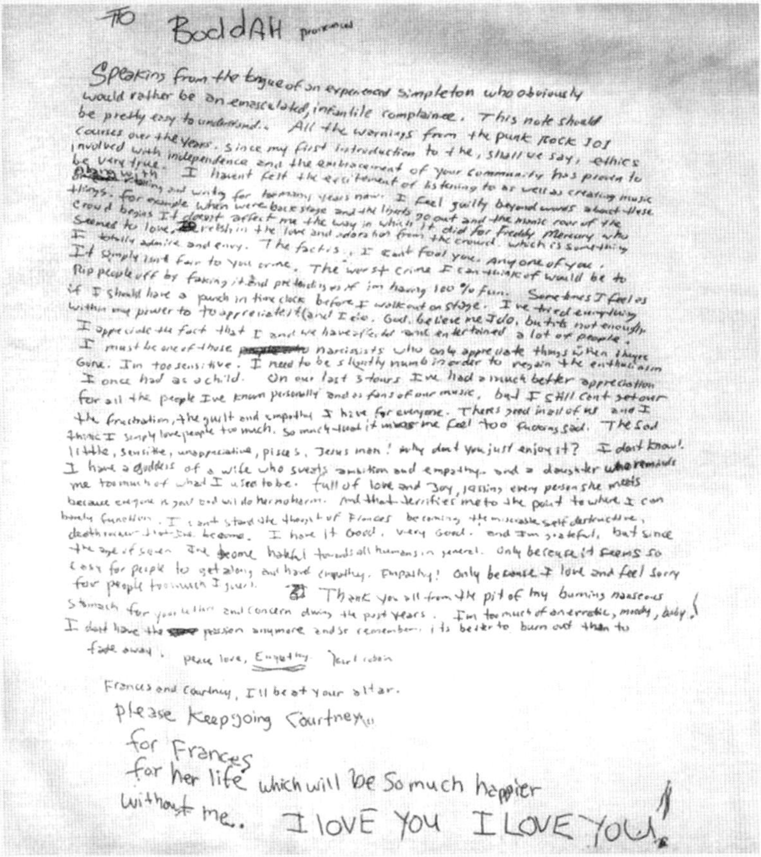

圖一：Kurt的遺書和日記

第十一章

航空意外

馬航MH730失蹤超過兩年，但至今仍未被尋獲，是一宗仍未破解的空難懸案。

MH730在2014年3月8日凌晨出發，本應於同一天06:30抵達北京首都機場。機上載有239人，大部份乘客是中國籍人士。飛機起飛之後，攀升到一萬多米的正常高度，並一直與吉隆坡機場的控制塔保持聯絡，確認高度等。直至飛機飛行了38分鐘，最後一次收到機師與馬來西亞航空交通管制中心的一句對話，就是：Goodnight Malaysia，三分鐘後，於馬來西亞凌晨1時22分，飛機的對答機隨即被關閉，之後再沒有由機艙機師發出的訊息。馬來西亞交通控制中心，曾經嘗試要求MH370回應，但一直沒有收到回音，其後馬來西亞軍方曾經從雷達收到MH370的「握手訊號」，即是航機的自動通訊系統訊號。而最後一次收到這樣的系統訊號，已是航機飛行超過七個半小時。

出事至今的幾年裏面，二十多個國家參與搜救，期間收到越南南部油井工人報稱，目睹懷疑是MH370的777型號的飛機於空中着火，也有馬來西亞哥打巴魯（Kota Bharu）的居民說，曾經於飛機失蹤當天，看到飛機低飛越過當地上空。之後也尋獲與馬航370有關的漂浮物，不過一直無法證實，它們是否MH370的真正殘骸。直至2015年7月29日，於法屬留尼旺島東部的一個小市鎮聖安德烈（St. Andre）的岸邊，發現部份的副翼殘骸。後來法國巴黎檢察院宣佈，「很大機會」這就是MH370的副翼。之後陸陸續續曾在莫桑比克、毛里裘斯發現「幾乎肯定」是MH370的殘骸。不過，由於飛機其他部份和最主要的飛行記錄儀都尚未尋回，所以一直無法證實MH370的失蹤位置、飛行記錄及飛機失蹤的成因。

過去也曾經發生類似的飛行事故，而至今仍未有正式統一的解釋，MH370的失蹤純屬無可避免的意外嗎？或許它是人為錯誤導致的嚴重事故？或許它是劫機事件？直到現在仍未有定案。

語言鑑證專家（Hirson, A 和 Howard, D）在《語言鑑證語言與法律》（*Forensic Linguistics: The International Journal of Speech Language and the Laws*）裏面，曾經提出可以根據機師艙內的通訊記錄（CVR cockpit voice recorder）找到飛機墜毀前機師艙或乘客艙內的話語記錄，藉此收集證據，以協助調查失事原因。

兩位專家曾經獲邀調查南非航空公司航班295，於1987年11月28日發生的一宗意外。

航班295由台灣出發，飛往南非的約翰內斯堡（Johannesburg），途經印度洋。機師與毛里裘斯（Mauritius）的空中交通控制中心聯絡，機師報稱機艙的貨艙內冒出濃煙，要求緊急降落毛里裘斯的柏桑（Plaisance）機場，部份對話節錄如下：

（摘自http://www.planecrashinfo.com/cvr871128.htm）

機師（A）：Er, good morning, we have, er, a smoke problem and we are doing an emergency descent to level one five, er, one four zero.

毛里裘斯控制塔　Confirm you wish to descend the flight level one four
指揮官（MA）　　zero?

（CA）：Ja, we have already commenced, er, due to a smoke problem in the airplane.

（MA）：Eh, roger, you are clear to descend immediately to flight level one four zero.

機師首次通知控制中心飛機內冒出濃煙的時間，是UTC國際時間23:49，柏桑控制塔馬上作出回應，表示會讓飛機降落，並清空飛機跑道。00:04分 CVR錄到一陣火警鐘聲及對講機響聲。

Time in minutes and seconds from start of tape	Origin	Speech / Non-speech sounds / Remarks
28:31		FIRE ALARM BELL
28:35		INTERCOM CHIME
28:36	Joe (Flight engineer)	What's going on now?
28:37	?	Huh?
28:40	Joe	Cargo?
28:42	Joe	It came on now afterwards
28:45		STRONG CLICK SOUND
28:45	?	And where is that?
28:46		CLICK SOUND
28:48	?	Just to the right
28:49	Joe	Say again（?）
28:52	Joe	Main deck cargo
28:57	Joe	Then the other one came on as well, I've got two
29:01	?	Shall I (get / push) the (bottle / button) over there
29:02	?	Ja (YES)
29:05	Capt.	Lees vir ons die check list daar hoor (READ THE CHECK LIST THERE FOR US PLEASE)

29:08		DOUBLE CLICK SOUND
29:09	?	The breaker (PRESUMABLY REFERRING TO THE CIRCUIT BREAKER) fell out as well
29:11	?	We'll check the breaker panel as well
29:12	Capt	Ja (YES)
29:33		SOUND OF MOVEMENT WITH CLICKS AND CLUNKS
29:36		INTERCOM CHIME WHILE CAPTAIN IS SPEAKING
29:38	?	Aag shit
29:40		800 Hz TEST TONE SIGNAL COMMENCES
29:41	Capt	Wat die donner gaan nou aan? (WHAT THE HELL IS GOING ON NOW?)
29:44		SUDDEN LOUD SOUND
29:46		LARGE AND RAPID CHANGES IN AMPLITUDE OF TEST ZONE
29:51		END OF TEST TONE, VERY IRREGULAR TOWARDS END
29:52		END OF RECORDING

從CVR記錄得知，火警鐘聲響起後，機師艙曾經出現一片混亂。機師檢查後表示，主要貨艙出現了問題，其他地方亦懷疑發生異常情況而需要檢查，機師顯然未能完全掌控情況。

飛機終於在毛里裘斯以東印度洋墜毀，機內159人無一倖免。飛機部份殘骸被發現於4400米深海床，但兩個飛行記錄儀都尚未尋回，而CVR是唯一被尋

回的通話記錄，所以便被用作為主要證供，輔以其他證物的調查來推斷飛機失事的原因。

由於飛機殘骸被發現的位置水深千多米，打撈工作非常困難，加上尋回CVR的時間已是飛機失事的一年之後，錄音帶浸泡在海水裏面已經超過一年，可供調查的證物似乎不夠，幸好還有機師與空中交通控制中心的通話記錄，可供協助分析。

錄音帶被尋回之後，一直要保持浸泡於海水裏面，以免外露於空氣受到氧化，然後以4至12 ℃去氧化的水（deionised water）取代海水，再進行抽空處理。由於兩位語言鑑證專家收到的，只是原本CVR錄音帶的副本（copy），加上CVR錄取了機師艙內所有聲音，包括機件聲音、機器操作聲音和錄音儀器本身的聲音，所以錄音帶的質素不會太高。

錄音記錄也包括大量專有名詞和術語，所以兩位語言鑑證專家亦需要查考這些術語及專有名詞如DME（Distance measuring equipment）和Echo tango alpha（ETA）的意思，才可理解整個句子的意義。但由於CVR只能記錄有限的帶寬（Bandwidth），帶寬大概只有700 Hz至3000 Hz才會被錄到，所以低過700 Hz或超過3000 Hz的帶寬便會難以辨認，尤其是今次意外中，機師有時用南非語（Afrikaans），有時用英語，兩種語言的磨擦音（fricatives）如/s/、/f/都比較難被收錄，因此兩位語言鑑證專家不能單用語音分析儀

（Spectrogram）① 的結果來分析全部通話記錄。但他們指出，在CVR開首的28分鐘記錄裏面，沒有錄到爆炸聲，所以首先排除了這個原因。因為假如有爆炸聲，CVR的記錄儀在機尾，由爆炸聲到記錄儀錄取訊息的那一刻，和其他物件顫動的頻率，大概可推算到爆炸的位置。但是，今次事件中沒有爆炸聲響，也沒其他物件大量顫動的頻率，所以幾乎可以肯定飛機不是被炸毀的。

因此，通話記錄可以證實，機師最初發現濃煙，確實是由主要貨艙內的火警造成，後來蔓延到飛機裏面的其他貨艙，導致飛機解體，最後墜毀大海。至於貨艙最初為何會有火頭卻不得而知。

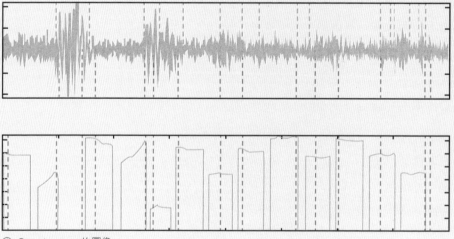

① Spectrogram的圖像

飛機內這些被記錄下來的對話，有些可以清楚指出意外成因，甚至可以重組意外經過，有些令聽者心驚膽顫，有些成為死者的遺言，但對於在世的家人來說，總希望知道機艙內的家人當時到底經歷了甚麼事。故此，筆者也希望MH360的飛行記錄儀或者通話記錄可以早日尋回，讓大家更清楚明白當時究竟發生了甚麼事，讓那些失去親人的家屬能夠知道真相而釋懷，放下哀傷，好好生活下去。

警方的問與錄

假如你目睹一宗車禍發生，但當時天色昏暗，而你當天心情也跟天色一樣的灰，有一位警員走過來問你：「你見到那輛紅色跑車，大概以怎樣的速度撞倒那個婆婆？」

我們可以換一個場景。當日，天朗氣清，你正在等待着朋友下班遊車河，如果一個警員問你相同的問題，提問時卻說成是一輛房車：「你見到那輛紅色房車，大概以怎樣的速度撞倒那個婆婆？」

假如你回答第一條問題比第二條速度更快，那你的回應，便好像大部份正常人一樣，就算事實是那輛跑車以房車之正常速度行駛。為甚麼會出現這樣的情況呢？因為我們會首先以某種模式理解跑車。例如跑車速度一定比房車快，甚至我們對顏色也會受到一些既定傳統或習俗影響而有不同看法，好像

紅色代表「危險」，紅色的交通燈代表要「停」，愛穿紅色的女士比較勇敢和火爆等。可能當時你根本沒有時間看清楚那輛是跑車或房車，但警員問你的問題是，那輛跑車撞倒婆婆時的速度，你腦海馬上會作出聯想，一定是一輛跑車以高速撞倒婆婆。但是警方也不敢肯定當時撞倒婆婆的，到底是一輛跑車或房車，問題若換成「你看到那輛紅色車，大概以怎樣的速度撞倒那婆婆？」你腦裏面自然會為這輛車減速。如此類推，許多語言學者、心理專家都曾經做這樣的實驗，來證明語言對我們的思維和記憶都有一定影響。

我曾經接觸過一份類似這樣的口供，當時覺得很奇怪，所以向一名警察朋友求證。在一宗有關非禮案件的調查當中，警方這樣查問受害人：

[口供是廣東話]

警方：「當時佢摸你屁股，摸咗幾長時間？」

證人：「我站在電梯由地底上地面時，佢好似摸過我兩次？」

警方：「摸兩次，每次幾長時間？」

證人：「幾長時間？摸咗一下，大概幾秒吧。」

警方：「你肯定佢有意『摸你』，抑或唔覺意㧬你一下？」

證人：「佢唔止一次，係幾次喎！」

警方：「你感覺佢點樣摸你？是用手摸你，抑或佢個手挽袋掂到你？」

證人（想了一下）：「我覺得係佢隻手。」

警方：「你點知係佢隻手？」

證人：「佢第一次掂到我，我轉過身望佢一眼，佢刻意望去另一個方向，不
　　　敢望我一眼。」

警方：「唔一定因為佢是用手摸過你喎！」

證人：「不過，佢係一隻手揸住手挽袋，另外一隻手放响電梯扶手上面。」

警方：「你意思係佢用無揸住手挽袋隻手摸你？果隻係佢左手，抑或右手
　　　呀？」

證人：「應該係佢隻右手吧！」

警方：「你話佢摸咗你幾多下？」

證人：「好似兩下！」

警方：「好似，抑或肯定係兩下？」

證人：「應該唔只一下！」

警方：「即係幾多下？」

證人：「兩下……兩下吧！」

其實類似的經驗，相信很多香港女孩子都經歷過。尤其是在人多擁擠的港鐵車廂裏面，有時擠得人貼人，就算有時真的被人混水摸魚，摸了一下，也不敢肯定對方是否真的摸了自己，抑或是不小心被其他人擠到而接觸了自己某部位。但在以上證供裏，警方和當時人好像在互相提問和答辯之中，尋找證據以肯定當事人的口供。錄取口供的整個過程裏面，警方的問題都是帶有「提示性」的，都是先肯定確有其事，例如：「佢摸你屁股時……」警方已肯定疑犯「摸過」當時人的事實。另外，「咁你意思係佢用自己無攞住嘢嗰隻手摸你？嗰隻係左手抑或右手呀？」，當警方把這些看似很正常的推理結果用作問題時，便有點像跟當時人一起推理最有可能解釋的現象，而不是當時人記憶裏確實記住的景象。其實也有這樣的一個可能，疑犯把手挽袋由右手轉到左手時，觸碰了當時人一下，當時真正發生過的事不得而知，在沒有錄影的情況下，只有從控辯雙方的口供裏面重組事發經過。

其實仔細看一看這份口供，可以發現警方的提問方式，也許會引導出某種結果。香港警察一般都按正常程序盤問疑犯，盤問證人也一樣，不會先假設某個答案或事實。我當時便向他指出，就上述口供可見，警察也如一般人一樣，總會對某些事物或某些人有既定的理解方式，就算那個警員是因為某些個人背景或經歷去理解犯人或疑犯的答案，也屬人之常情。我事後徵詢過一個警員的意見，他當時的反應是：「那又如何，有甚麼方法可以減少警察誤解的機會嗎？」他更向我指出，香港警方在這方面已經比較好，在一些落後國家裏面，警方會索取賄款，因此未經調查已有口供記錄的案件多不勝數。

在英國也有警方捏造證供，改寫口供記錄的案例，著名的「靜電檢測儀」（Electrostatic Detection Apparatus, ESDA）亦因而誕生。

當中最著名的，有英格蘭西中地區（West Midlands）的嚴重罪案小組（Serious Crime Squad）的案件。那是一九八八年的事，這隊小組被發現有改寫證供之嫌，所以官方請來了幾個語言鑑證專家，採用不同方法驗證一大批口供記錄，而當時採用的其中一個方法便是ESDA。

ESDA的作用，不純粹是為了語言鑑證，但當時這個檢測儀確實幫助破解不少疑案。警方當時錄取口供的過程中，通常都先由警員用筆寫下盤問過程，然後將那份記錄交給當時人或疑犯，確認全部屬實後，讓他們在口供記錄上面簽署。當時的語言鑑證專家就是採用了ESDA，運用到這些筆

錄的口供記錄裏面，檢測這些口供紙上面的筆跡所遺留下來的凹陷痕跡（indentation）。據ESDA的專家指出，紙張上凹陷的痕跡，不一定純粹由於手部用力書寫所造成的壓力。就算手不那麼用力，筆接觸到紙張所產生的靜電效應也會留下痕跡。ESDA能夠展露這些痕跡出來，並可以分辨那些不同的凹陷紋，那就是字跡。

當時的語言鑑證專家從ESDA檢察的結果當中，發現其中一宗案件的口供記錄裏，有幾處與警方呈堂的口供記錄不符^(註一)。例如ESDA顯示的口供記錄是這樣的：

[口供記錄是廣東話]

疑犯：我當時企响電話亭旁邊把風

警方：你地跟住做咗咩？

疑犯：我地都走翻入汽車裏面。

在呈堂的口供記錄裏面，第一頁是這樣的，「我當時企响電話亭旁邊把風。」這一句，「把風」兩個字是在同一行的，在ESDA展示的結果裏面，「把風」兩個字的凹狀很明顯與其他幾句不同，也不是並排於「電話亭」之後，而是升高了一兩行，所以應該不是在錄取口供那一刻被記在上面的，極

可能是由不同的人用不同力度書寫，因而做成與其他記錄不一樣的凹陷紋。

另外，也有一些案件上訴人聲稱，他在另一份口供紙上簽署確認口供記錄，而不是簽在警方呈堂的那一份。他曾在警方的口供記錄當中更改部份口供內容，並署名在已更改之處。但後來他發現已更改之處沒有包括在警方的口供記錄裏，警方呈堂的一份口供只有他簽署的最後一頁，是他錄完口供後曾經見過的記錄。

最後，英國這個嚴重罪案調查小組遭到解散，這個小組曾經處理的許多案件，都遭到覆核，當中幾宗案件更得以翻案重審。

英格蘭警方更因此重新訂定調查案件的程序和指引。香港警方也跟隨英國警方的做法，修改了他們的程序。例如，調查嚴重罪行時要用視像錄影，筆錄記錄要盡量完整，不能夠撮寫。案件牽涉女性或兒童受害人時，需要時用女性警官或請專家幫助「受害人」錄取口供。在這方面，香港警方確實進步很大。

但通常最容易出問題的地方，並非發生在警署的訪問房間（interview room）裏面，而是發生在警方首先接觸疑犯或者當時人的地點裏面，警方提出的問題，以及對當時人提供的所謂證供的闡釋和回應。在這樣一來一回的問答過程之中，當然有問中要領的問題，但也極可能有遺漏的事實，或者隨着不

同人有不同的理解，表述不同的觀點，以至事情發生的經過，因而引致警方採取不同的調查方向，搜集不同的證供，導致不同的調查結果。由詢問證人到筆錄口供，再由中文口供譯作英文，當中已由不同人、不同的腦袋加以詮釋，對於所謂「目睹的事發經過」，亦已有了不同的理解和不同的憶述。如果案件牽涉少數族裔，用的是不同的語言，警方可能會藉着警署的翻譯員反覆作出詢問，即是翻譯員譯成英文，由多過一個少數族裔的翻譯員譯成證人的少數族裔語言，例如烏都語，證人用烏都語回覆後，由翻譯員譯成英文，再由該警署的翻譯員譯成中文。我們可以想像，同一句話已經翻譯了多少次，與原來的版本分別會有多大。

至於如何避免這個問題，可能是由訓練警員的過程入手吧，讓警方知道他們如何提問疑犯或當時人，將會導致不同結果，也可以提醒市民，錄取完口供需要核實是否正確無誤時，要認認真真的去閱讀，不要草草看一眼便簽署，因為這份口供記錄除了會用作警方日後調查的參考之外，也會作為呈堂證供，案件的成敗得失取決於此！

案件參考Tom Davis, 1994, ESDA and the Analysis of Contested Contemporaneous Notes of Police Interviews, Forensic Linguistics: The International Journal of Speech Language and the Law. Vol.1. Issue 1. 1994. Birmingham: Routledge.

第十三章

口音辨證

每個人說話的時候總帶有一些個人特色，例如巴基斯坦人，說話時頭部都會向兩邊搖晃，廣東人會多用一些語助詞，例如「咩呀？！」、「唔係喎！」、「咁呢！」之類，而語助詞大多放在句末，以加強語氣。有些人會用較多面部表情，有些則連正眼都不會看別人。以前讀中學的時候會玩一個遊戲，其中有一位同學最擅長模仿別人的小動作或說話語氣。她模仿一位中文老師的說話語氣最逼真。老師來自黑龍江，與一位香港人結了婚。一般在家都用普通話溝通，上課時也用普通話授課，但有時因為我們太頑皮，他要肯定我們明白做錯甚麼事時，便會用他富普通話特色的廣東話罵我們，例如「你咁唔小心，本來可以攞高啲分⋯⋯」會說成「你今唔笑心，本來可以攞「交」啲分⋯⋯」。開始時還以為他一定很生氣，連粗口都要加進來。後來才發現，他是真的搞不清那些高低語調，我們聽到他語重心長地跟我們這樣解釋，既不敢笑，又不敢即時糾正他，只好笑着跟他說：「我會努力架喇，

下次攞交D分比你睇吓！」

我們不時會聽到身邊的人，説話時帶有不一樣的口音，反正我們聽得出不是地道香港人的表達方式，我們會以「大陸來客」概括他們。一般生在國內的人，大致可以分辨不同地區的口音，例如上海、北方、湖南、廣州口音等，大家講的雖然都是「普通話」，但都有着不同口音和個人特色。

今次的案件是一宗綁架案，富翁王亨利在英國從事洋酒生意。在歐洲不同地方都擁有自己的農場、酒莊和酒窖。

王亨利是在一天上班途中遭到綁架的。家人沒多久便收到歹徒電話，説王亨利在他們手中，要求他們交出贖金。歹徒索價五百萬英鎊，當時王亨利太太不敢馬上報警，她向歹徒解釋，説需要多些時間預備大量現鈔，希望歹徒幾天之後再跟她聯絡。

據王亨利太太報稱，她最後因為無法籌到足夠款項，所以決定報警。但這已是歹徒綁架王亨利之後的第三天，歹徒在這天再跟王亨利太太聯絡，要求她把贖款電滙到開曼羣島的一個銀行戶口。當時，警方已經安排好錄音設備，原來以為可以掌握到通話記錄及發訊人的位置，於是王亨利太太就沒有把錢滙到那個戶口。誰知兩天之後，王亨利的屍體已被發現漂浮在蘇格蘭對開海面。警方還沒有足夠時間找到足夠綫索，事主已被撕票！

王亨利太太也沒有心情向警方詳細了解情況，只要求警方早日送回王亨利的屍體，好讓她安排喪禮。

至於王亨利的死，法醫官已經驗出他是被人近距離向他的心臟開槍擊斃的，子彈由他前方射穿心臟，再從後方射出。但由於屍體被發現時，它已在海中浸了幾天，已有腐爛跡象，所以警方不能確認兇手用甚麼手槍和子彈殺死他。

整件事發展得很快，由王亨利遭到綁架，到歹徒撕票不足一個星期，王亨利太太接到電話後，過了三天才報案，警方正式接手調查事件，但線索只有歹徒一次電話，記錄了不超過一分鐘的通話記錄，負責案件的警官，也只有把錄音記錄傳送給語言鑑證專家，希望能夠作出分析，看看是否可以得到其他資料。

語言鑑證專家進行了不同的分析，而最主要的是歹徒的口音分析。雖然只有短短幾句話，但大概可以聽得出歹徒是一個操利物浦口音的中年男人，他的發音比較多捲舌音，聲線亦比較厚重，絕對不是年輕人的清脆嗓子。所以按他分析，應該是個中年人，雖然這算不上是甚麼資料，警方也只能利用這線索調查王亨利身邊的人。

警方後來發現，王亨利太太其實也出身利物浦。兩夫婦相識於微時，王亨利

是一個真真正正以勞力汗水賺取第一桶金的人。後來加上一點運氣，他經營的果園都有好的收成，也有好的酒師幫助他打理酒窖。王亨利經常一天飛往幾個國家，業務從不假手於人。他白手興家，兩夫婦聚少離多，也因為這樣，錯過了生兒育女的時間。

王亨利太太原來也不是省油的燈，每天她都穿插於不同的名人聚會，穿戴都是名設計師的產品。王亨利自己除了工作外，根本沒有別的東西能吸引他，就算是一般人認為有錢男人身旁的美女，也一律欠奉，他吃的用的全是一般貨色。對於太太的揮霍，他不是沒有意見，只不過是控制不了，所以才睜一隻眼，閉一隻眼，只要她不是太過份或者太奢侈便算了。幾乎所有認識他們兩夫婦的人都知道，兩夫婦有着不同的生活方式和態度。因此，王亨利太太身邊的男人經常都不一樣，但總不會是王亨利。

警方於是循着王亨利太太的方向調查，發現她身旁幾次都是同一個中年男人。於是探員假扮名流跟這名男子閒聊，發現他全是利物浦口音，跟王亨利太太偶然會交頭接耳，相處甚歡。

警方後來假借邀請這名男子到警署協助調查，錄下了整個調查過程，再交由語言鑑證專家分析⋯⋯

雖然他的聲調不一樣，但他所帶的口音十分相近，尤其是捲舌音的 "r" 位

置，幾乎都是一樣，是以舌前部份發出，而且幾個爆破音如 "p"、"t" 所發出的氣量也差不多，語言鑑證專家根據兩段錄音的「聲音辨析」（Voice identification），提出兩段錄音應是同一人。

警方於是正式拘捕這名男子，經過連番調查，他最後供出是在王亨利太太指使下，綁架並殺死王亨利，他們根本沒有想過要讓王亨利活着回來。在綁架王亨利的第一天便槍殺了他，王亨利太太只想獨吞丈夫的資產，不用受到他的支配。兩人的感情早已消逝，王亨利留下來的資產就算不再增加，也夠她豐豐盛盛的過幾輩子，所以索性殺死他便算了。但是，就這樣讓他人間蒸發，警方只會把他列作失蹤人口案處理，他的資產又會被凍結，王亨利的太太也就不能作主，不能接管王亨利的所有資產。唯有殺死她丈夫，拿到他的死亡證，順理成章成為他的遺產繼承人，她才可以動用王亨利的資產。因此，她計劃了這次假綁架、真謀殺的過程，整件事不超過一個星期，唯一的線索就是綁匪的幾句話，沒料到也就是這幾句話，便留下了足夠的線索讓警方破案。

其實警方今次破案是有點幸運，剛好語言鑑證專家在短短的錄音當中，辨認到疑犯的口音。而疑犯亦過份自信，沒有避嫌，自動消失，還流連於受害人的太太身旁。

其實口音辨證也用於其他案件如電話詐騙案。發音是其中一個辨認方法。另

外有些人說話時也有一些小動作，我們只需要多留意別人說話時的態度和語氣，不難發現原來「話語」可成為人的身份特徵。所以「慎言」確實是一種美德！

你講我想，為何不一樣？

人類溝通的方法和特性有別於其他動物，溝通原來是一件很複雜的事。

最簡單的一句話聽進不同人的腦袋，可能會被理解為完全不一樣的事。

在美國就曾經有這樣的一宗案件，被告人在一段對話當中，突然轉換了話題，問及對方兒子："How's David?"「大衛最近如何？」，卻被認為是恐嚇對方而被舉報。美國著名語言鑑證專家 Roger Shuy 獲邀分析案件有關的語音記錄。Roger Shuy 在美國曾經發表有關語言和法律的書籍和文章不下數十份，並且曾經處理無數有關語言鑑證的案件。

筆者的學生曾經嘗試翻譯他第一本語言鑑證的書籍，書名是 *Language Crimes: the Use and Abuse of Language Evidence in the Courtroom*（1995）。

他當時已退休，但仍孜孜不倦教導筆者的學生，每次都有問必答。到了最後，學生由於版權問題，未能完成整本書的翻譯，學生為此耿耿於懷，但他卻反過來安慰學生：「不要緊，最重要是學懂甚麼叫語言鑑證，這才是最重要的！」，他的心意不僅感動了學生，也感動了筆者，要盡一切可能教導學生甚麼叫語言鑑證！

有關本案的當時人叫泰勒（Don Tyler），是著名的俄克拉荷馬州（Oklahoma）的飼馬人（horse breeder），提出訴訟的人則牽涉偉倫‧海特（Vernon Hyde）和米高‧柏賓（Mike Blackburn），兩人都曾在泰勒旗下工作。偉倫和米高指出他們在泰勒的馬廄工作時，擁有其中一匹馬的股份，而泰勒卻沒有就該匹馬分紅給他們兩人，還恐嚇他們，於是他們一怒之下辭了職，向警方提出控訴，並一併提交兩段錄音對話。

Roger Shuy 應辯方邀請，對這兩段錄音進行分析。第一段電話錄音，由海特錄下，是他和泰勒之間一段大概三十分鐘的爭辯。Shuy 轉換錄音為文字，使用主題分析（topic analysis），統計對話當中兩人談話間各自提出的主題內容（topic），或者說話的中心意思是甚麼，例如泰勒在整段對話當中，指出海特突然辭職是沒有必要的，也了解到海特誤信了柏賓的讒言，於是也提出了雙方應該嘗試和解。但海特卻一直堅持泰勒恐嚇他和柏賓，侵吞他們應有的利潤，由於海特擔心自己有生命危險，他是絕對不會跟泰勒會面和解的。

他們的對話節錄一段如下：

泰勒：你只需要今天來我辦公室一趟，我們便可以解決這一切，和……
平……的分開。

海特：我怎可能和平離開，你曾經這樣恐嚇我？

泰勒：我到你家，曾經講過的話我會照做，你今天過來我們便可以解決這一
切。

海特：你這樣派五個彪形大漢到柏賓家，還想我過來你辦公室？！

泰勒：我想最好的方法，就是我過來你家，或者你過來我辦公室，甚麼時候
都可以，那我們便可以和平分手。

海特：你偷了我其中一份股份，只給我一份。

泰勒：我講過我會付錢的……就這樣，讓我們解決這一切。

海特：不，你首先撤走你的彪形大漢。

泰勒：讓我們解決這事，那我們便沒事啦。

海特：如果我不這樣做呢？

泰勒：你明明可以和平解決這件事，還擁有一份股份，我會親自跟你會面。

海特：我相信你才怪。

泰勒：那由你指定地點，方圓二十公里以內都可以。

海特：你當我蠢得這麼厲害嗎？

⋯⋯

泰勒：你知道在州立大學有一塊足球坪，我們可以在它中央會面，那你便一
　　　眼可以看出我是自己一個人來，沒有帶甚麼人跟我一起，那我們便可
　　　以坐在那裏好好談談。

海特：我估計我還沒有到達那塊足球坪便已經沒命了！

⋯⋯

摘自Shuy:1993:102（原文是英文，以上對話是筆者的翻譯）

兩個人的對話，好像正在談論同一件事，但仔細看看，兩個人心裏所想的

事卻不一樣。海特重複指出，泰勒曾經恐嚇他，要求對方撤走五個彪形大漢，不要派他們到他家裏去，泰勒一直提出，想要跟海特面對面解決這場爭拗，也否認自己對海特做了些甚麼不好的事，他說：「我沒有甚麼彪形大漢。」。

從這段對話當中，可以看到海特確實非常恐懼，害怕泰勒派那些曾到過柏賓家的彪形大漢，害怕他們會對自己不利，但又不能證實泰勒作出的恐嚇具體是甚麼。

其後，柏賓當日佩備了錄音裝置，到了泰勒辦公室跟他見面，他們的說話充滿火藥味，其中一段是這樣的。

柏賓：我受到威嚇。

泰勒：我不管海特向你說過甚麼。

柏賓：你這樣對待我，我不高興，你為何要耍這些手段？

泰勒：這不是甚麼手段。

柏賓：你居然為了這少少一份股份要傷害他人！

泰勒：我不會傷害你的，米高。

柏賓：你為了一份股份想殺了我。

泰勒：你走吧。

柏賓：我是受了威嚇才簽名的。

泰勒：我不認為有甚麼威嚇。

柏賓：你只是想要，他媽的，搶走我的錢。

泰勒：不是。

柏賓：如果我需要請個保鑣，我會的。

泰勒：你是不能請到足夠的保鑣來保護你的，柏賓。

柏賓：我可以躲起來。

泰勒：但你不能躲一世吧。

柏賓：你嚇不倒我的，東·泰勒。

泰勒：那就請你離開，寶貝。

這樣的僵局維持了片刻，泰勒突然轉換話題。

泰勒：大衛最近怎樣？（How's David?）

柏賓：做甚麼？

泰勒：大衛最近怎樣？

柏賓：你是說我的兒子？

泰勒：是的。

柏賓：東，不要恐嚇我的兒子，你做甚麼都可以，但不要恐嚇我兒子。

泰勒：我沒有恐嚇任何人，我只是說：大衛最近如何而已。

摘自Shuy:1993:108-9（原文是英文，以上對話是筆者的翻譯）

他們的對話就此停下來，控方律師也曾就這句話指出，泰勒確實有意提到大衛（柏賓的兒子），藉以威嚇他。

但據辯方的律師指出，泰勒確實認識柏賓的兒子大衛，亦曾經帶他一起參觀馬圈的一些活動和賽事。

Shuy研究這兩段對話，比較三個當時人的說話內容，有理由相信泰勒並沒有真正提出甚麼具體的恐嚇，就算柏賓說「我會躲起來！」泰勒的回應只是「你是不可以永遠躲起來的。」。這是泰勒根據實際情況作出的推算，用來揶揄對方的一句話，就跟柏賓說我會聘用保鏢，而泰勒回應對方說：「你不會請到（足夠）的保鏢來保護你的。」也只是在取笑對方而已。對於泰勒而言，既然沒有辦法令對方釋疑，也沒有其他辦法解決這件事，就希望以一般閒談形式（small talk）來結束這段對話，因此他問候對方的兒子，也希望提醒對方，過去他們也曾經有一段相處愉快的日子。

人與人之間的溝通困難，就是在於兩個人之間的溝通，不能說一定會有一個準繩，即說甚麼話就一定有甚麼意思，就算是同一句話，由不同人在不同場合說出來，都可能有不一樣的語意（semantic meaning），就例如本案的這一句話：「大衛最近如何？」假如兩人在不同場合，因為不一樣的原因見面，這句話可能就有不一樣的意思了。至於說話者想藉着這句話達到甚麼目的，所謂言語行為（Speech Act）也很難作準。泰勒提到大衛，也許真的想讓柏賓知道，他們除了公事上的關係，私底下也可算有些交情。但亦有可能是想讓對方知道自己認識對方的兒子，警告對方要小心點。到底當時泰勒想藉着這句話達到甚麼目的，旁人不可而知。但從柏賓方面去理解，這句話是

恐嚇多於一切也無可厚非。如果兩個人的對話都帶有不同目的，一個是想着要對方不再恐嚇自己，另一個則想跟對方和平解決這件事，再加上一點怒火，其實真的很難能夠做到百份之百掌握到對方説話的內容和意思。

由於當時沒有其他環境證供可以證明泰勒真的派了五個彪形大漢到柏賓家裏，所以只能根據這兩段錄音作出分析。但單從兩段錄音當中，都可以聽出雙方都很憤怒，都有彼此不滿的地方，語氣都不客氣，有時候還在向對方叫罵，所以Shuy很難就其語調作出確切分析，因此，更合理的分析方法，就是按每句話的主要內容作出比較，Shuy因而得出的結論是：泰勒既然沒有在該兩段錄音裏面提出實質恐嚇，很大可能他也不會在對話結束時，以對方兒子來恐嚇對方，到了最後，陪審團同意 Shuy 的看法，判泰勒無罪釋放。

誰在撒謊?

每個人在法庭作供之前,均需要宣誓表明自己在庭上所講的全屬事實,不會作出虛假證供,但真與假不一定是兩個極端的對立,有時「真裏有假」,或者含不肯定的成份,從不同角度來看,也可能「假裏有真」。

執行普通法的法庭都要遵守一個很重要的原則,即是未經證實不能判處罪成 (not guilty until proven)。所以,控辯雙方都有權在法庭上為自己答辯。答辯形式 (procedures) 是有規定的,方法 (methods) 雖然各有不同,但說話主導權,則主要由雙方律師擁有,法官就是這場辯論的公證人,確保法庭上所有人,包括證人和律師都遵守庭上規則。牽涉在案的當時人,雖然是親歷其境的證人,但也要根據律師的提問作答,不能隨着個人思緒或意見來主導法庭上的說話。例如,本書有關強姦案的其他篇章裏面,提到律師常用的兩極化問題:「是與否」,「有或無」等等,證人一般只能就這些問題回答

「是與不是」，「有或無」，不能有另外的補充。

有時候一些律師就是用這些方法控制法庭上的證人，引導證人作出她或他想預見的答案。例如Roger Shuy 作為一個專家證人時，曾被問到：「Shuy 博士，當你對這些錄音記錄作出主觀分析時，你會使用甚麼儀器？」

假如Shuy博士真的一時不留神，只回答用了甚麼儀器而忽略問題當中「主觀」兩個字，便有可能墮入對方律師設下的陷阱，默認了自己「主觀」這一點。Shuy 因為知道律師會出這一招，所以非常小心拆解律師的問題，Shuy 回答說：「我不認為我的分析只是主觀，我用的儀器是 B & O的機器。」。Shuy又舉例指出律師常用的另一個方法，例如：「當天你是否服用了醫生配方的藥物之後駕駛？」事實有可能是：你吃了藥，但藥不是醫生配方的。但假如被問之證人只回答「是或不是」，便不能表達全部事實。有些對語言比較敏感或熟悉法律程序的證人，會比較小心作答，但一般市民不可能天天上法庭，所以便很容易墮入律師這些圈套，加上說話控制權在律師的手裏，就算當時人想稍作補充，也不是單方面提出便可以補充，是要在律師同意的情況下，或對方律師察覺到這樣的情況而提出反對，才能讓證人有更詳盡的答辯機會，但要控辯雙方加上證人，即三方都意會到這問題，才有可能作出糾正。

Roger Shuy 舉出一個例子。他於一九八零年曾經處理這樣的一宗案件，當時

人東‧高爾（Don Crow）是一名德克薩斯州（Texas）的律師，他接見了兩名聲稱因工傷而要提出索取賠償的工人，這兩名工人操典型低下階層的黑人英語（Black English），但他們原來是喬裝而來的檢察廳特派探員。

由於當年有許多人連同醫生和律師，假稱工傷騙取保險賠償，這兩個喬裝工人的特派探員，帶了錄音機到東‧高爾的辦公室，嘗試讓東‧高爾作出有利於檢察廳檢控他「教唆或鼓勵（suborning）他人作出虛假陳述（perjury）罪」。

他們說話時，除了帶有很重的「黑人英語口音」之外，說話也不清不楚，故意要讓東‧高爾幫助他們說得清楚或者完整一點。東‧高爾開始接見他們時，已解釋了有關程序，他說：「如果你受的工傷不是永久的，你能申請的賠償，就只限於你失去工作能力的那些日子而已。」

東‧高爾以為已向對方解釋清楚這個道理，所以沒有嘗試釐清對方含含糊糊的問題，才會出現以下的對答：

喬裝勞工：那我應該填多少天，填那張未能上班的假紙，應該填多少天？

東‧高爾：你是那天去見醫生的？他（注：東‧高爾指的是「監工」。）說：「你第一次去見醫生是甚麼時候？」

喬裝勞工：他（注：喬裝勞工指的是「醫生」。）可能會說是意外發生之後幾天吧？

東‧高爾：那就是你去見醫生的那天和隨後的一兩天吧。

喬裝勞工：是的。

東‧高爾：那你告訴他（注：喬裝勞工指的是「醫生」。）你是那一天去見醫生的吧。

喬裝勞工：好，好的。

摘自（Shuy: 1993:153）（原文是英文，以上是筆者的翻譯）。

在這裏，東‧高爾指的「他」是指「監工」，因為要由監工簽署，證明兩人在那天請假，所以東‧高爾指的這個「他」是指這個「監工」而不是檢察廳假設的那個「合謀的醫生」。

這宗案件是要查出「誰在說謊？」，誰在「引導他人作出虛假陳述？」。在這裏，很明顯是檢察廳的官員在作出虛假陳述，所以到了最後，法庭指出控方（即檢察廳）的證供薄弱，喬裝的特派探員「任務失敗」，法庭撤銷了對東‧高爾的所有控罪。

另外一宗案件，也是由一個代名詞所引起的問題，但當時人沒有東·高爾那麼幸運。Jenny Thomas（1995）在她的*Meaning in Interaction: An Introduction to Pragmatics*一書提到 Pragmatics（語用學）的重要性，一句話引起的作用，會因人和事物而改變。例如香港以前有一個人叫曾國才，他自稱是「九龍皇帝」，曾在不同地方簽認自己的「封地」，並在不同地方「宣稱」自己為「皇帝」，「宣稱」「擁有」何處為自己的「封地」等。香港人一般看他為「癡人說夢」，官方認為他這些宣告是「塗鴉」。但要是同一句話由英女皇說出來，指出英國某地是她的屬地而她擁有該地的業權，我們便不會視她為「癡人」，她說的也不是「夢話」。

所以理解一句話的所有意思（total meaning）不能單憑它的表面意思，比如中國人問候他人的方式是：「食飯未呀？」意思類似英國人的"How are you?"，問者可能完全沒有意思要知道對方是否真的吃了飯，只是想向對方表達一句問候而已。Thomas指出不同語言背景的人，很容易誤會他人的意思。例如一個不懂英語的中國人不明白英國人"How are you?"的問候意思，便會向對方說他那一天如何度過，這便是誤解了這句話的「語用」意思了。

Jenny Thomas在她1995年撰寫的書內，舉出這樣一個例子，案中兩個男子被控謀殺一名警員，當時大衛·賓仕利（Derek Bentley）和基斯度化·格爾（Christopher Craig）被警方追捕，到了一排樓房的屋頂嘗試逃走。大偉當

時已被警方制服，基斯度化亦被警員勒令停下，他手持着槍，朝向警員，警員勒令他放下槍，大偉當時說了這樣一句話：「比佢啦，基斯！」（Let him have it, Chris!）基斯度化於是向警員開了一槍，警員當場死亡。控方指出大偉這一句話，很明顯是「蓄意指使他人謀殺」（a deliberate incitement to kill），大偉的 "him" 意思是該名「警員」，而 "it" 的意思就是「子彈」，所以整句話被理解為：「比粒子彈佢啦！」，辯方律師則解讀這句話為「比把槍佢啦！」其實兩者的說法都有可能，但當時法庭不接受辯方的解釋，判處大衛・賓仕利「蓄意指使他人謀殺罪成」。當時英國還有絞刑，大衛・賓仕利最終被吊死。而開槍的基斯度化・格爾，由於當時犯罪時還不足十六歲，所以只被判為「未成年囚犯被署方作出監管」（youth custody）。

Thomas 的另一個例子牽涉一名醉漢，他於一名中國人經營的餐館外撒尿，還指罵對方為 chinky bastard。語出於一名醉漢，他於一名中國人經營的餐館外撒尿，在當時的語境（context of meaning）和社會背景（social context），那名中國人按常理認為這是侮辱他身為「中國人」的粗話，但辯方律師則指出，按字典的釋義，chinky 的意思是一名清朝的中國人，bastard 的意思是一名遊蕩中無父無母的人，所以按字典的釋義，這句話的意思，只是稱對方為來自清朝，一名無父無母，正在遊蕩的中國人而已。

這樣的解讀，完全無視了講者和聽者的社會背景，以及這句話的語用價值。這宗案件是多年前英國的聆訊，結果當然可想而知，辯方獲得無罪釋放。

其實不單是理解一句話，就算是理解一個字詞也不簡單，所以語言鑑證牽涉的範疇相當廣泛，絕大部份的時候，是不能只用一兩部字典按字面解釋。語言學家 Ron Scollon 曾經指出，語言本來就是含糊的，所以研究一句話的意思，絕不能單憑字面意思，一定要清楚理解講者的背景以及聽者和講者的關係，兩者溝通目的是甚麼，用了甚麼渠道等，這一切可為一句話帶來不一樣的理解。因此，任何一個語言因素（Linguistic factors）都可以構成語言鑑證的研究對象和方法。

音系學少女的第一宗案件

—— 作者　黃良喜博士

星期六，文思剛從口音訓練班走出來，口中埋怨着剛才曾老師糾正她的口音，是 Tsang 老師，不是 Tsan老師。「都傻傻地！叫你Tsan老師又點樣？周街好多人都係啦，點解一定要根據某種發音？古書記載又點樣？又唔係要同古人講咩說話，真係撞鬼！我英文老師都係姓曾，自己就叫自己Miss Tsan！哼！」

經過已經關門之德貞小學對面的老辦館，文思心裏依然憤憤不平，耳朵卻聽見了一段奇怪的話。說話的人樣子又黑又瘦，上身赤膊，左胸有褪了色的大龍虎嘯月刺青，牙齒發黃不齊，但咬字清晰可辨，不過文思只聽懂了前面小半句，後面一大段聽起來就像這個人話說了一半就發了瘋：「我係432，你要的那幾粒貨，李媽窿打十九螺渣，九臉打論把，呤叉lang噠喇哈，嬲哈掄媽八喇哈。」這話說得很慢，每個音很清楚，唯恐對方在電話裏面沒聽清楚，還重複了兩次。

文思第一次聽只是覺得奇怪，所以那人重複時她更留心聆聽，一時腳步也停下來了。直至那自稱432的人問她：「買咩啊，妹？」，文思才回過神來，訕訕地說，「可樂」，然後急忙付錢離開。因為雖然沒有聽明白他是甚麼意思，但不祥的感覺令她害怕。「李媽窿打十九螺渣，九臉打論把，吟叉lang噠喇哈，嬲哈掄媽八喇哈。」到底是甚麼意思？文思怕忘記，口裏反覆唸着，轉彎後，立刻掏出紙筆寫下來。文思打算回家問鄰居陳教授，陳教授常常覺得文思乖巧，一定願意幫她解答。

在文思心裏，陳教授是一個奇特的人，說不上討厭，也說不上喜歡。陳教授總會引導文思觀察一些有趣的現象：香港人的英語發音有着虹弧上拱的旋律形狀，低高高高高低 toMORROW GO SHOPping；或者一些來自大陸的新移民說英語yes和nice 的發音，分別像是普通話的「爺死」、「耐死」，和香港的「士多store、士擸stamp、喇士last」同出一轍。最近一次，還給文思看了這樣的一張圖：

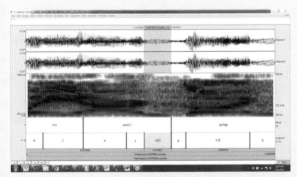

圖片來源：http://www.politifact.com/

當時，陳教授提起特朗普還未就任美國總統之前，引述希拉莉説："We are going to raise taxes on the middle class."，藉以攻擊希拉莉，但是這一張用當時希拉莉講話的錄音所製作的語音圖，可以充份證明她説的是aren't，是特朗普聽錯了。文思看見這一堆黑黑的東西只覺得討

自己聽一聽

厭，回應了一聲，也沒有問清楚就用一些藉口離開了。不過陳教授是一個很隨和的人，不會和一個十五歲的孩子計較的。

説起來也奇怪，文思住在九龍城福佬村道，實在沒有想過自己的鄰居會是一位教授。這是一棟唐樓，文思和陳教授同住一層，上層是教會，下層是時鐘酒店。外面的人也許會認為這裏龍蛇混雜，嗤之以鼻，但其實這裏的街坊彼此都很熟，各自根據自己的能力和限制努力生活。陳教授一個人住，和他一起共用單位的是一堆堆，一排排的書，桌上地上都有很多論文和稿件，整個單位好像一個大書房，東邊牆有一張花梨木書桌，上面有電腦、混合器、麥克風、耳機，看起來像一個小型錄音室。陳教授常常坐在那裏工作，或者用電腦在寫些甚麼東西，或者用耳機在聽些甚麼東西。有時會有幾個學生來找他，有時又有幾個神秘的西裝客。這些神秘的西裝客，手上有政府的公文袋，説話聲音總是特別小。文思曾經問過陳教授，但除了知道陳教授是一位音系學家之外，始終猜不出神秘西裝客的來意，「音系學」三個字對文思也毫無意義，與「阿彌陀佛」差不多，只是一個名號而已，因為文思也不知道阿彌陀佛具體是甚麼意思，反正尊敬一點就可以了。

文思到家時已經是下午三點，媽媽和姨媽坐在狹隘的客廳裏，正在摘除莧菜的韌筋，文思看到今天晚上煮金銀蛋浸時蔬。放下自己的東西之後，文思取出筆記本，和媽媽打了一聲招呼，就去按陳教授的門鈴。陳教授家裏的木門是開着的，不過拉上了鐵閘。開門，進入，坐下，文思急不及待攤開筆記本。向陳教授大致說明情況後，便馬上開始把剛才聽到的那段怪話背出來。只見陳教授順手拿了一支鉛筆，迅速在文思所寫的每個字下面添加了一些符號：

李　媽　窿　打　十　九　螺　渣　，
[lei³⁵ ma⁵⁵ luŋ⁵⁵ ta⁵⁵ sɐp² kɐu³⁵ lɔ²¹ tsa⁵⁵ ，

九　臉　打　論　把　，
kɐu³⁵ lim¹³ ta⁵⁵ lun³³ pa³⁵ ，

哈　叉　lang　噠　喇　哈　，
lɪŋ⁵⁵ tsa⁵⁵ laŋ⁵⁵ ta⁵⁵ la³³ ha⁵⁵ ，

嬲　哈　掄　媽　八　喇　哈　。
lɐu⁵⁵ ha⁵⁵ lun⁵⁵ ma⁵⁵ pat³ la³³ ha⁵⁵ 。]

國際音標表

International
Phonetic Alphabet

「你在寫甚麼？」

「我用國際音標寫下妳唸出來的聲音。」

「為甚麼？」

「妳看，妳寫的『打』但唸的是『一打雞蛋』的『打』，還有幾處是妳寫的字和背出來的音不同。我以妳的發音為標準，因為妳憶述的是妳聽到的聲音。」陳教授解釋道。

「哦！是啊！我做筆記時就有這個困難，我想表述的聲音找不到同音字，只好胡亂寫下來。幸好我馬上回來，如果時間隔得長了，我肯定會忘記真正聽到的聲音的。但是你這些怪符號有用嗎？」文思追問。

「這些符號是國際音標，可以記述全世界八千種人類語言的聲音，非常精確。每一個符號都按照發音方法和發音部位定義，因此絕對沒有歧義。如[l]這個符號的定義，是舌尖接觸門牙後面的齒齦，舌葉兩邊向下，吹氣出口腔的同時，聲帶振動，這樣就會發出「李、來、樂」開始的那個音，和英語的light、land、loud開始的<l>同音。而[ŋ]的定義是舌身向上，接觸軟顎防止氣流通過口腔流出，讓氣流通過鼻孔流出時，聲帶振動，就會發出「曾」、「零」或者英文sing、rang後面的輔音。國際音標表裏，大概不多於兩百個符號，妥善運用就可以輕鬆記錄全世界所有語言的發音。」

文思的眼睛已經睜得很大了。原來世上有八千多種語言，要她說出二十種語言的名字就已經不容易了。而且這麼多的語言，所用的語音竟然只需要兩百個符號就可以記錄下來，感覺像有點天方夜譚。但是，當陳教授準確無誤唸了那段怪話出來，文思不信也不行了。

「數字呢？數字代表甚麼？」

「數字代表音高，像音樂中簡譜的12345 — do re mi fa so。因此[lei^{35}]就標出了『李』字的粵語讀音，如果是普通話的讀音就會撰寫成[li^{214}]，因為普通話的讀音要求這個字有着降升的聲調旋律。」陳教授一邊說一邊倒杯水給文思。文思雙手捧着筆記本，兩眼仔細看着陳教授的語音轉寫。

文思心裏盤算着是否能請陳教授教她這個轉寫的本領，但又突然想起了自己尚未搞清楚這段話的是甚麼意思。正要開口發問時，陳教授又好像已經預料在先地說：「我們要立刻報警。事態嚴重，妳能不能把今天的情況詳詳細細地再說一次給我聽。」

文思一時怔住了，實在覺得有點不可思議，陳教授平靜而沉着的語氣卻不容她質疑。雖然她滿腹疑問，也只好先把事情始末交代清楚。陳教授聽完後，又在筆記本下方寫了一行字：

「美東十九座，九點半，青燈下，敲門八下。」

陳教授匆匆撕下那一頁，就急忙叫文思立刻回家，然後匆忙出了門。文思本想抗議，但教授不容分說就走了。到了晚上也沒聽見陳教授回家開門的聲音。

＊＊＊＊

……警方昨晚九點四十分在九龍城近美東村十九座附近，拘捕販毒份子十九人，包括七名泰籍人士，相信是金三角產毒區的供應賣家，和十名華籍人士，起獲市值三千八百萬元海洛因、冰毒和安非他命。毒販利用附近爛尾樓之工地作為交易地點，警方接獲線報後迅速行動，成功搗破本港販毒集團的交易。被捕華籍人士之中，相信包括警方追捕了三年的黑社會頭目「滑蛇」。有線電視新聞記者張靜文報導。

文思本來如平常一樣，一邊看電視一邊吃午飯，聽到這則新聞時，非但耳朵豎了起來，連口裏的飯都掉回碗裏去了。媽媽還沒有來得及開口數落她的吃相，文思已經如箭離弦，奔前去拿書包，抽出筆記本，並且翻到昨天陳教授未經她同意就撕掉的那一頁，這時正好聽見陳教授居住的單位開門的聲音，她知道是陳教授回來了。

洗完碗後，媽媽終於准許文思去找陳教授了。「不要打擾教授太久，人家很忙的呢！要有禮貌。」媽媽不知道文思為甚麼這樣着急要見教授，更不知道那段新聞和文思有甚麼關係，不過孩子願意去請教陳教授，總算是一件好事。

陳教授給文思開門的時候，樣子有點累，頭髮有點濕，應該是剛洗完澡，所以好像還頗精神，桌上有一杯剛沏的茶和一碟蓮蓉包，其中一個已經咬了一口。

「妳一定是來大興問罪之師的。告訴妳吧！昨天妳撞破了一個嚴重的犯罪活動，為了保護妳，我才把妳筆記本那頁紙撕下，免得將來落入賊人之手來尋仇。不過，撕了妳的筆記本，應該給妳一點賠償，我就把事情的始末告訴妳。不過要答應我，不可以四處去説，這必須是我們之間的秘密，可以嗎？」

文思點了點頭，隨即又覺得不夠誠意，她立刻舉起右手，正要發誓，但陳教授揮手示意讓她過來坐。

「妳聽到的怪話其實是一種秘密語，就是所謂的黑話。妳給我唸出來的時候，我本來就有點懷疑。後來妳提到432，我就很肯定事態很嚴重了，因為432是警察對黑社會集團成員的代號，指的是俗稱『草鞋』的『通訊

人』。」

「那個左胸有刺青的人是『草鞋』？他會不會認得我？會不會來找我？」文思驚問。

「放心。他已經被逮捕了，我在警局看見他的時候，他還一臉茫然，完全不知道自己是怎樣被捕的，只說是被自己人出賣了而已。這也是我不能把你那張紙還給你的原因。反正他們人贓並獲，用不着那張紙作為呈堂證據。」說完以後，陳教授就從夾子裏取出那張紙，走到廚房點起了爐灶，把紙當面燒掉了。「這樣妳就安全了。」

文思鬆了一口氣，她又伸長脖子問：「你是怎樣破解秘密語的？你是音……音系學教授，音系學是做甚麼的？和秘密語有關嗎？」

音系學，phonology，簡單來說，是研究人類語言聲音系統的學科。研究範圍不局限於某種語言，而是涉及人類所有的語言，甚至包括聾啞人士使用的手語，儘管手語使用者不需要發出聲音。通過音系學的研究，我們可以知道人類的語言怎樣將聲音組織起來，怎樣通過發音器官的活動製造聲音。在手語中，發音器官不是喉嚨舌頭，而是手。原則上，都反映了人類在使用語言時，腦子裏面如何編排這些用以表情達意的聲音或動作。音系學是一門認知科學（cognitive science），也是一門人文學科，因為它涉及對人腦認知系

統，同時涉及用於表達情感的語言。

「妳知道嗎？我們說話的時候，會一個個音節說出來，如：apple有兩個音節，strawberry有三個音節。漢語也是，如『蜻蜓』有兩個音節、『加利福尼亞』有五個音節。而音節在音系學裏面是一個很重要的概念。」教授一邊說，文思一邊用手指數着音節。

「那不就是一個字一個音節嗎？」

陳教授從容寫下兩個字：浬（"海哩"的舊稱）、瓩。「這兩個字你見過嗎？第一個唸『海哩』，第二個唸『千瓦』，它們是雙音節字。漢語的確有一字一音節的習慣，但你要知道，書寫系統是將語言視覺化的工具，它不是語言。一個人即使不識字也可以操作語言，你小時候，未上學前不也能夠說話嗎？人類社會中有很多是沒有文字，他們的文化是靠口授的，所以有了口傳文化。很多民間的曲藝（包括相聲、評書、數來寶〔中國傳統曲藝〕等等），在底層社會流傳都是口授的，到了後來為了搶救遺產才漸漸筆錄下來。」

文思邊聽邊點頭，道理很明顯，但不知道為甚麼聽起來很新鮮，好像從來沒有從這個角度考慮過這些事情。手裏也拿起了筆，在本子裏畫了個：

「教授，這是個四音節的字！」

「聰明的孩子。一說就通了。」

「我還是不懂，我們說話一個音節一個音節說，和秘密語有甚麼關係？」

「我們來看看你昨天給我的那段話。你看看這段東西有甚麼特別？」教授又從夾子裏取出一張紙，紙上用電腦打印着教授轉寫那段怪話的國際音標。

lei³⁵ ma⁵⁵ luŋ⁵⁵ ta⁵⁵ sɐp² kɐʊ³⁵ lɔ²¹ tsa⁵⁵ ，

kɐʊ³⁵ lim¹³ ta⁵⁵ lʊn³³ pa³⁵ ，

lɪŋ⁵⁵ tsʰa⁵⁵ laŋ⁵⁵ ta⁵⁵ la³³ ha⁵⁵ ，

lɐʊ⁵⁵ ha⁵⁵ lʊn⁵⁵ ma⁵⁵ pat³ la³³ ha⁵⁵ 。

文思俯首專注在紙上，眼珠子不停在轉動。

「怎麼很多[l]？而且幾乎每隔一、三、五、單數音節都是以[l]開頭！只有第一行的sɐp² kɐʊ³⁵、第二行的kɐʊ³⁵、最後一行的pat³例外。咦！這些好像是數目字『十九』、『九』和『八』！」文思為自己有所發現感到興奮。

「不錯。你有當音系學家的潛力。作為音系學人，我們就是要努力發現語音

規律。妳還看見甚麼？」

「每行第二、四、還有最後音節都有[a]！」

「很好。由此可見這些[l]和[a]很可能是有規律及故意加進去的。我們嘗試除掉這些[l]、[a]，再看看。」教授隨即抽出了另一張紙，而紙上那些多餘的[l]、[a]已經用下劃線取代了，同時她剛才猜測的數字也填上去了。

    _eɪ^{35} m_   _ʊŋ^{55} t_   十九   _ɔ^{21} ts_，

        九   _im^{13} t_   _ʊn^{33} p_，

    _ŋ^{55} ts^{h}_   _ɑŋ^{55} t_   _a^{33} h_，

    _ɐʊ^{55} h_   _ʊn^{55} m_   八   _a^{33} h_。

文思看着不禁覺得有點暈了，頭也扭來扭去。教授不說話，耐心等待文思自己發現。就在文思快投降的時候，眼睛閃出光芒，立刻用鉛筆在教授的這張紙上，畫了幾個箭頭，大概成了這個樣子：

    _eɪ^{35} m_   _ʊŋ^{55} t_   十九   _ɔ^{21} ts_

「如果我用沒有頭的音節，配上緊跟着那個有頭無身的音節，會怎樣呢？」

文思問。

「『大膽假設，小心求證』是科學研究的關鍵。我們就試試嘛。」教授鼓勵文思。於是整個轉寫就變成了這個樣子：

mei³⁵ tʊŋ⁵⁵ 十九 tsɔ²¹ ，

　九　tim¹³ pʊn³³ ，

tsʰɪŋ⁵⁵ tɑŋ⁵⁵ ha³³ ，

hɐʊ⁵⁵ mʊn⁵⁵ 八　ha³³ 。

到了這一步，文思已經看出來了，這肯定是解了碼的秘密信息，不過她對國際音標依然陌生，一時無法將這個信息讀出來，於是推給陳教授，請教授讀一讀，就是：美東十九座，九點半，青燈下，按鈴後，敲門八下。

「現在你明白，為甚麼昨天妳跟我說完後，我就那麼急着出門吧？交易就在當晚，我實在不能不立刻報警。還好到了警局，局長是我的老同學，我可以直接向他解釋，所以才來得及逮捕壞人。為了安全，我到了今天早晨，確定那個刺青人也歸案了，才能回家。」

文思越聽越興奮，但還是感到迷惑：「難道那些用黑話的人，也懂得音系學，竟然可以創出這樣的秘密語？」但文思看教授好像真的累了，於是說自

己想回家想一想，明天再約陳教授談。

＊＊＊＊

晚上，文思到網上搜尋了一下音系學，發現很多。以下是她的筆記內容。

我對音系學的新認識

人類使用語言很自然，可是自然背後的規律卻不易客觀表達出來。音系學的工作是把語音規律描述出來。描述清楚後用處很多，其中包括人工智能、醫學、軍事，而不僅僅是一般人想像的語言教學而已。如今日的電腦已經可以識別人聲，通過聲控發出指令。電腦要怎樣聽懂人的話呢？首先就要讓電腦將語流中，毫無間斷的語音

看看這個美國小女孩使用Pig Latin

分割為音節，再將音節配合成詞句。醫學上，了解人類如何發音，人腦如何處理語音信息可以幫助因腦部受傷而影響語言能力的病患，也可以幫助先天有語言障礙的孩子，包括因裂顎兔唇而影響發音能力的孩子。軍事上，音系學主要用於情報的發送與解讀。

秘密語：秘密語不需要語言學家來發明，在外國有很多秘密語呢！美國的

小孩會使用Pig Latin；新加坡的小孩會使用一種叫F-language；還有德國的 Chicken Language；法國的Verlan。它是語言使用者自然遊戲中出現的。在中國的秘密語，趙元任在1931年就報告了八種反切語。這次偶然接觸到的，竟然是曾經流行於廣州的La-mi秘密語的變體！

然而秘密語的出現，正好反映着人類如何處理語音規律。我想陳教授就是因為知道這些規律，所以很快就看穿了刺青人的把戲！

梁文思

2016年8月23日

＊＊＊＊

第二天，文思想去敲陳教授的門時，發現教授的門貼上了便條和圖片。便條寫着：我去美國休學術假，半年後才回來。如果你想學國際音標，圖片中的APP可能對你有幫助。這是我以前的研究助理設計的，現在也是一位音系學人。

"My Apps" on http://ulip.hkbu.edu.hk/

法律語篇中的語言操控與失控

（原文刊載於「外語與翻譯」，2007年，第二期）

概要

一般人認為法庭聆訊是找尋事實的過程。這種想法是出於一個信念——「真相」只有一個。法律專業人士時常會嘗試操控人與人之間的互動，從而推論出「真相」；而每個人又必須遵守法庭的規則。然而，本研究發現，並非所有事情都會發生在某些人的掌控之中，原因有時可能是由於某些「錯誤」，有時則可能是由於法庭傳譯員的關係。

本研究資料來自英國四宗真實個案，可以從中考察法律專業人士是如何操控聆訊過程的，也可以了解失控情況是如何產生的。這些所謂失控情況非常值得留意，因為正是這些情況才能夠顯示出，不同參與者所說所做的，都不一定按照本身計劃進行，正如語言的變化不可能盡在掌握之中一樣，有時會出

現意料之外的結局。

近年的法律語篇研究，均集中討論及分析語言如何在有關法律程序中，如聆訊、審判等起着舉足輕重的作用。現今，有些法律學課程更進一步教授如何利用語言達至某種效果或目的；其中如「辯護學」（Advocacy）更是建基於語言運用之上。

語言是一種工具，這種看法在一般法律語篇研究裏甚為普遍，其中以Erhlich (2001)、Gibbons (2003)、Tiersma (1999) 的研究尤為突出。這方面的研究，能夠在西方社會得到廣泛支援的主要原因，是在西方社會如英國、澳洲等一般實行普通法的英聯邦國家，法庭裁決主要透過聆訊和答辯形成。然而，聆訊和答辯又主要透過語言來實現，因此，語言自然成為整個法律制度的根據。法律專業人士如律師及法官，除了需要接受法律知識的訓練外，還需要懂得利用作為一種工具的語言。因此，不少研究均指出法官、律師等法律專業人士，如何有效利用語言和法律知識來「支配」聆訊過程。

在一個單純以英文操作，以普通法為基礎的法庭裏，這可説不無道理。可是語境一旦變得複雜，例如變成中英雙語並用的法庭，尤其是高等法院的審訊，大多需要翻譯服務的支援，聆訊過程亦隨之更見複雜。加上時移勢易，一般市民雖然沒有接受過有關法律知識的正式訓練，但是透過不同媒體，他們的社會常識程度已有所提升。因此，雖未對法律的知識和程序有深入了

解，但一般大眾也不至於一無所知，因此，只有律師才擁有操控「語言」能力的說法並不正確。法律專業人士操控整個聆訊過程的概念，亦因此需要作出調整。本研究之目的，除了檢視法官和律師如何操控聆訊過程之外，亦剖析其他參與者如傳譯員和證人，如何會利用語言同樣達到其目的，如何避免被操控或如何迴避問題等。

Maley (1995, 1996) 的研究表明，一般法庭聆訊過程中發生的語篇，都具備一個特色，就是其中的對話蘊含一定的系統，並且非常具結構性及組織性。他指出透過權力的分佈，法官主要從三方面「控制」聆訊過程。（一）控制「過程」（Control of Process）—— 法官充當指揮官（Ringmaster）的角色。法官在聆訊過程中決定誰先發言、誰於何時發言，並有權隨時終止某些對話；（二）控制「內容」（Control of Substance）—— 甚麼人說甚麼話，甚麼可作為呈堂證供等；（三）控制「結局」（Control of Outcome）—— 等同公正人的角色，孰是孰非，誰勝誰負，最後裁決由法官定奪。

本研究的立論架構，有一半是建基於Maley的研究結果。本研究所得的資料，能夠說明法律專業人士控制聆訊過程、內容和結局的情況，可是同時亦發現偶爾會出現失控情況。這說明法律專業人士能夠全面支配整個法律程序的說法，其實並不可靠，尤其是當聆訊過程牽涉多種語言的使用，以及傳譯員的參與，這種交流並非單純是語言轉換，而是語篇和語境變化的問題。

當日常生活所用的語言被放在法律語篇的語境理解時，往往會出現各種意思的理解及處理方法。受過專業訓練及擁有聆訊經驗的法律專業人士，憑藉其語言運用的方式，經常被認定在支配聆訊過程中成為既得利益者。例如，倘若日常生活用語中的「你有沒有做過？」被放在法律語境的情況下理解時，對於證人來說，可能會變成一條誘導性問題，目的是要從證人口中獲得某種回答，以證實律師心中欲引伸出來的法律含義，例如認罪等法律含義。然而，本研究的資料發現，在某些情況下，這種支配的優勢，會受到其他具有同樣語言運用方式的參與者的挑戰，如傳譯員及證人，有時甚至會出現被反支配的情況。本文的例子將會反映，傳譯員把律師一個具質問性的疑問句問題，錯誤當作直接問句的問題處理，化解了其中原有的威嚇作用。詳細情況將在下文討論。

資料來源

本研究資料主要來自四宗英國法庭的聆訊，其中包括一宗申請入境簽證被拒的上訴案、一宗被拒社會福利金上訴案、一宗非法購買驗車證明案和一宗被丈夫傷及身體的調查案。聆訊全部牽涉中國籍人士，過程均有傳譯員提供中英對譯服務。筆者當時正進行博士論文資料搜集，而資料只供學術研究為申請理由，獲法院批准記錄聆訊過程，事後更有機會與有關傳譯員進行訪談。

第一部份：控制

首先，討論一名法官如何嘗試操控整個聆訊過程。

在一次聆訊一宗入境被拒上訴個案中，該名女法官對傳譯員清楚表示，要由她控制整個過程，她說：「當我這樣[舉起手]的時候，就是說你或他[證人]便要停下來，因為我跟不上你們的對話（will you also tell him when I do that [put up her hand] I want him or you to stop because I can't keep up with you or him.）。」另外，該名法官又中斷辯方律師的問題，嘗試控制聆訊內容。辯方律師問：「你於X年X月X日前往香港……（you went to Hong Kong on the [date] ...）」，法官便介入中斷辯方律師的問題：「等等，你首先要證明事實成立，才能夠問他有關這個事實的問題，對嗎？」（Excuse me, you must establish the fact before you put fact to him alright?）律師隨即修正問題，繼而改問證人：「當天[X年X月X日] 你（證人）去了甚麼地方？」（Where did you go on [date] ?）。據筆者觀察，法官整個過程都在做筆記，不時會以「唔」（Mm）來示意講者可以繼續。換言之，她亦影響了整個聆訊過程的節奏。

隨着不同的架構和目的，不同階段均有其獨特功能和表現方式，就如Halliday (1985: 34 quoted in Maley 1995: 97) 所說：

"these functionally separate phases are differently oriented in the sense that they have a characteristic tone or thrust — what Halliday calls rhetorical mode (1985: 12), that is, what the speaker is making the language do in that situation (1985: 34) in Maley 1995: 97).

法官需要「控制」整個聆訊過程的原因，就是要確保法律公平、公正的精神得以實踐。換言之，其職責就是要維護「法律面前人人平等」的精神，與案者均有平等的發言權，並且確保聆訊過程合乎法規。然而，法庭的層級架構和聆訊程序，卻往往被律師利用作為一種支配手段。律師一般會和當時人在聆訊前商議有關過程和內容，以確保當時人能夠配合其「計劃」。無論是控辯雙方的律師或證人，均會對案件發生的事情及過程有一定認知；而最不知情的可以說是傳譯員^(註一)，因此傳譯員可謂是唯一的「局外人」。

第二部份：失控

「局外人」可能引起「失控」情況的原因主要有三：（一）語言本身含糊；（二）語言之間存在差異；（三）法庭有關程序及規律引起角色衝突。有關語言本身的含糊性，Scollon (2000) 認為語言雖有約定俗成的用法，但並非一定有既定統一的意思。由於論及語言的含糊性相當複雜，且不在本文討論範圍之內，因此不會在此多加評論，相關詳細內容請參見Scollon所著 *Mediated Discourse* (2000) 及 *Intercultural Communication* (1995)。

以下例子涉及的問題，是因為兩種語言結構不同和使用習慣不同而引起的
翻譯問題。

例一

34: Police Officer: You've not done that, have you?

35: Interpreter: 咁你有冇做過啊?

[so have you done that?]

36: Suspect: emm, no no MOT, that's it.

傳譯員把一條附加疑問句（question tag）的問題，錯誤當為直接問句，即一
般疑問句的提問，減輕了原有的施為性作用（illocutionary force），結果讓
疑犯有機會答辯。這種由於語文習慣差異所引起的翻譯問題，其實極為普
遍。因此，除非傳譯員受過相關語文訓練，並且特別留意這方面的語言問
題，否則傳譯員會不知不覺改變了原文意思和語用目的。

此外，以下例子可以說明由律師提出「多項選擇問題」（multiple choice
questions）會造成的溝通失誤：

例二

40: Prosecution solicitor (P): What date did you attend the Games?

42: Interpreter (I): 你參觀邊幾日亞運啊？

[Which day of the Asian Games did you go and watch?]

43: Witness (W): 開幕日

[the opening day]

44: I: The opening day

45: P: Any more?

46: I: 仲有冇其他？

[Any others?]

47: W: 仲有兩日

[Two more days]

48: I: And two other days

49: P: Were these the next two days or the days after?

50: I: 係咪之後兩日啊，抑或係其他兩日？

[Were these the two days after or any other two days?]

51:W: 係 [Yes]

52: I: Yes

53: P: Yes, he answered yes

54: Adjudicator: I wonder if I can have a word with the two representatives

例一的傳譯員由於忽略了中英文的差異，在譯文中扭曲了原文的語用意義和語氣。在例二中，傳譯員太在意自己身為傳譯員的角色，因為根據當時英國傳譯員的守則，傳譯員要完全忠於原文，逐字逐句不得遺漏，故該名傳譯員

拒絕糾正原文錯誤，因而造成更大誤會，導致聆訊過程貿然結束。雖然大家相信兩者無意影響聆訊過程，但所產生的結果都是一樣。

以下案例牽涉一宗非法購買驗車證明。案件中的華籍疑犯在英國工作多年，雖然略懂英語，卻仍以廣東話為日常生活的主要語言。在聆訊過程中，有時他沒有等待傳譯員翻譯便直接回答警司的英文問題。當多次被問及他知否自己的行為是非法時，他總是支吾以對，後來用中文要傳譯員代問該警司要他怎麼辦，疑犯利用傳譯員的存在來避免跟警司有直接對話。

例三

另一宗案件牽涉一名遭前夫用燒烤叉襲擊的女子。警方錄取她的口供時，她的情緒非常激動，並且淚流滿面、長篇大論地憶述遇襲經過。當時，在場的傳譯員和警員均無法完全控制錄取口供的過程，唯有讓受害人自己敍述整件事的經過。然而，她當時作供的邏輯極為紊亂。結果，傳譯員只好為證人的供詞作出概括翻譯，同時亦需要對供詞作出整理，而非逐字逐句翻譯，如：

Police: So has he been back to the house since he left you in ... when?

Interpreter: 佢離開你之後有冇返過你屋企啊?佢幾時走話?

[After he has left you, has he ever gone back to your house? When did he leave?]

Witness: 咁樣我同律師講，律師就講，佢話因為佢呢，佢D錢係佢，我話因為我唔想佢再走D唔三唔四法律罅，而且我想佢光明正大咁樣去英國，我想佢……我因為我勸過佢好多次，去見心理醫生囉，因為我覺得佢心理唔正常，同埋好疑神疑鬼果種人囉，勸唔到佢。咁我同律師講，佢話因為你無權，你係佢老婆，但係你無權阻止佢做咩。咁我勸佢見個心理病醫生就係八四、八五年之間啦。

[So I said to the solicitor. But the lawyer said that because his money belongs to him. Then I said, but I don't want him to take advantage of the loopholes in law. I want him to stay in the UK with dignity. I have tried to persuade him to go to consult a psychiatrist, because I think he has some psychological problems and always feeling suspicious of the others. But I failed. So I talked to the lawyer. But he said though you are his wife, it doesn't mean you have the right to stop him from doing whatever he is doing. It was during the period of 84 and 85 that I tried to persuade him to go to see a psychiatrist.]

I: So she went to see the solicitor, but the solicitor said all the money and things are under his name, so she couldn't do anything with it, and she even suggested him to go to see a psychiatrist = (interrupted by the witness)

W: = 咁佢話

[then he said]

從整理證人的供詞開始，傳譯員其實就是變相在做決定，選擇供詞裏面哪些部份來回應警員的問題，同時還要選擇如何整理及組織供詞內容。在某程度上，傳譯員「改進」了證人供詞的結構。然而，與此同時，傳譯員亦根據自己認為哪些是最重要的內容，代替了證人作出判斷，而對證人的證供作出另一種表述，換言之傳譯員「重寫」了證人的人生歷史。

結語

實踐法律的關鍵，在於「把握」語言的運用，以至能順利「操控」聆訊過程，因此法律專業人士必須接受有關語言方面的訓練。但是，他們很可能會濫用語言技巧，不擇手段贏取官司。法律機關始終是由人組成，而法律也必須透過語言才能付諸實踐。語言的運用當然不可能是法律專業人士的專利，一般人如證人、疑犯均有權利和能力，可以運用相應的語言技巧以達到自己的目的。

就算是實踐法律這個過程中的局外人 — 傳譯員，也很可能影響聆訊的過程和結果。綜合以上的討論及分析，筆者認為由一方完全把握及控制整個聆訊過程的可能性是微乎其微的。原因包括：語言本身是非常含糊的（Scollon:2000），意即必須透過溝通才能夠表達清楚。可是，普通法的聆訊過程建基於答辯，變相抹殺溝通的空間，令所有的對話建構化、過程化，誤以為透過這些有系統的答辯過程能夠揭示真相，卻淪為法律專業人士的語言遊戲，使之與本來公平公正的法律精神背道而馳。

因此，正如本文指出，法律專業人士確實能夠透過某些程序及方法控制聆訊過程，但亦會出現失控情況，這是因為其他參與者如傳譯員，可以在有意無意間造成影響，而這些失控情況正正表達出一個很重要的訊息 — 就是語言是實踐法律最不可輕視的重要工具，但語言不僅是法律專業人士獨享的工具，亦非導向事實真相的唯一出路。

延伸閱讀

1. Eades, D. (1995) "Aboriginal English on trial: the case for Stuart and Condren" in Eades, D. (Ed.) *Language in Evidence*: Linguistic and Legal Perspectives in Multicultural Australia, Sydney: University of New South Wales. Pp.147-174.

2. Edwards, A. (1995) *The Practice of Court Interpreting*. Amsterdam: John Benjamins.

3. Ehrlich, S. (2001) *Representing Rape*, London: Routledge.

4. Gibbons, J. (2003) *Forensic Linguistics*, Oxford: Blackwell.

5. Gonzalez, R. (1991) *Fundamentals of Court Interpretation*, Durham, N.C.: Carolina Academic.

6. Gumperz, J. (1982) *Discourse Strategies*, Cambridge: C.U.P.

7. Hale, S. (1997) "Clash of World Perspectives: the Discursive Practices of the Law, the Witness and the Interpreter", *Forensic Linguistics*, 4(2). Pp. 1350-1771.

8. Kenny, M. & Jordan, W. "Trial Presentation Technology: A Practical Perspective", *Tennessee Law Review*, Vol. 67, Spring 2000, No. 3, University of Tennessee.

9. Maley, Y. (1995) "From Adjudication to Mediation: Third Party Discourse in Conflict Resolution", *Journal of Pragmatics*, No. 23. Pp. 93-110.

10. Scollon, R. (2000) *Mediated Discourse*, Oxford: Blackwell.

11. Scollon, R. & Scollon, S. (1995) *Intercultural Communication*, Oxford: Blackwell.

12. Shuy, R. (1995) "How a Judge's Voir Dire Can Teach a Jury What to Say" in *Discourse & Society*, Vol. 6, pp. 207-222.

13. Tiersma, P. (1999) *Legal Language*, Chicago: University of Chicago.

14. 邱貴溪 (2000). 論法律檔翻譯的若干原則. <中國科技翻譯>, Vol. 13 (2). Pp.14-17.

註一：在英國，一般傳譯員均屬業餘性質，大多臨時應邀參與聆訊，提供傳譯服務。
　　　[ ] 內的文字，為筆者根據原文的英譯。